SOPHIE DIEUAIDE

Illustrations de Chloé Vétel

7 RUE des ECOLOS

TOUCHE PAS MA PLANÈTE ! ET MON JARDIN NON PLUS !

Mon Marque-Page +

Didier Jeunesse

Pour Armand,
dans l'impatience que tu lises tes aventures imaginaires.
S. D.

Pour ma Maman !
Pour notre livre à nous,
pour notre fascination commune
pour le jardinage version feignasse.
C. V.

7 RUE des ECOLOS

Appart' à louer

L'appart' à louer est loué ! Oui, je sais, on pourrait trouver ça normal, mais quand l'info est tombée au 7 rue des Écolos, elle a circulé à toute vitesse d'étage en étage.

Chaque habitant avait un avis là-dessus. La plupart ont rigolé autant que mon père :

– Ha ! ha ! Les paris sont ouverts, Armand. Tu penses que les nouveaux locataires vont rester combien de temps avant de s'enfuir en courant ? Deux jours ? une petite semaine ?

D'autres se sont inquiétés :

– Oh, les pauvres gens…, a gémi madame Rami. Ils vont sûrement déballer pour rien leurs cartons. Vous croyez qu'il faut les prévenir ?

Moi et les copains, Oscar, Violette, Lili et même le petit Charlie, on était de ceux qui pensaient que cette histoire allait mal finir. Cet appartement est maudit !

Il y a eu un jeune couple et son petit chien qui coursait notre chat, Glyphosate (ou qui était coursé par Glyphosate, ça dépendait des jours). Ils se sont installés et *bim* ! séparés !

Il y a eu la cousine de madame Pinson, toute contente d'arriver sur le même palier, mais qui a raté une marche une semaine plus tard : double fracture (tibia et col du fémur). Il y a eu le locataire fantôme qui a loué l'appartement pendant deux ans, mais qui n'est jamais venu. Il y a eu la famille avec plein d'ados dont on n'a pas eu le temps de retenir les prénoms (inondation ET incendie de cuisine).

Je le sais parce que j'ai toujours habité ici. Je suis né à la maternité de la rue de Montreuil et *hop* !

on m'a mis dans mon couffin et *hop* ! je suis arrivé au 7 rue des Écolos. Douze ans que j'y suis.

Ensuite, c'est Oscar qui a emménagé. Puis Lili quand on est entrés au CE2. Puis Violette en CM1. C'était génial, vraiment génial. Tous les ans, un nouveau copain s'installait dans l'immeuble. Depuis, on est toujours ensemble. Sauf quand Violette va chez son père (quinze jours par mois), mais je n'aime pas trop en parler parce que ça m'énerve.

Avant l'arrivée d'Oscar, j'étais le seul enfant de l'immeuble. C'était génial et c'était atroce.

Génial parce que tout le monde m'offrait des trucs, des cadeaux ou des goûters. Monsieur Rami, par exemple, m'achetait toujours une petite voiture au bureau de tabac de la place Balzac quand il descendait chercher ses cigarettes Il fumait beaucoup, c'était super, j'ai une collection d'enfer !

Atroce parce qu'ils s'occupaient tous de mes affaires. « Est-ce que ça va à l'école, Armand ? » « Tu as l'air fatigué, Armand ! Tu ne te couches pas un peu tard, Armand ? » « Mais couvre-toi, Armand !

Tu vas t'enrhumer, Armand ! » J'avais l'impression d'avoir des parents à chaque étage.

J'ai commencé à respirer quand le petit frère d'Oscar est né. Charlie est devenu aussitôt le chouchou de l'immeuble. Depuis, il a grandi et on l'emmène partout. On lui a même appris à se déplacer comme nous, en mode furtif. C'est important le mode furtif quand on habite un immeuble… avec des adultes à tous les étages.

Et je donne le truc parce que ça peut servir. Avant de monter ou descendre, il faut é-cou-ter. Des bruits de pas sur un palier : tu prends l'ascenseur. Quelqu'un l'a appelé : tu prends les escaliers.

Pour nous, c'est hyper important, car si on n'est pas sur le toit-terrasse à s'occuper de notre poule, Josette, de notre chat, Glyphosate, ou du potager, c'est qu'on se rend dans l'endroit le plus secret de tout l'immeuble : notre QG, au bout du bout du couloir du sixième étage !

On y était d'ailleurs quand on a appris que l'appartement à louer était loué. Le petit Charlie, son

Pimpin-Lapin sous le bras, est venu nous prévenir en courant :

– Hé ! Y a des nouveaux ! Ils *zont* loué l'appartement en face de *zez* madame *Pinzon* !

Et ça tombait super bien. On travaillait sur un nouveau numéro de notre journal *Écolo-Hebdo*, mais on n'avait pas encore trouvé d'idée pour le gros titre ! Moi, je finissais l'article sur notre poule avec Oscar et Violette. Lili terminait sa nouvelle rubrique : le portrait d'un habitant de l'immeuble.

Vite, vite, j'ai intégré la nouvelle à la une.

ÉCOLO-HEBDO

Le journal des journalistes du 7 rue des Écolos

DES INCONSCIENTS LOUENT L'APPART' DU 4E!

D'ARMAND GARY, NOTRE ENVOYÉ SPÉCIAL AU QG

Dernière nouvelle ! Au moment de boucler le journal, nos journalistes ont appris un fait sensationnel ! L'appartement toujours à louer est loué ! Les nouveaux devraient arriver très bientôt...

L'équipe d'Écolo-Hebdo:

Et on est partis vérifier. Nous, on enquête, on fouille, on cherche. On est des journalistes sérieux, pas comme le présentateur des infos de la télé. Lui, il est toujours assis, comment peut-il savoir ce qui se passe *vraiment* ailleurs ?

La meilleure des sources, ça aurait été madame Lelièvre, notre gardienne, qui est toujours au courant de tout, mais on n'aime pas trop l'approcher. On pense qu'elle est allergique aux chats et aux enfants. Alors on est allés chez notre amie, madame Pinson (quatrième étage droite). Elle, elle nous adore et, comme elle est très copine avec la gardienne, elle sait tout aussi.

On a sonné.

– Mmmmm…, a fait Oscar.

Même porte fermée, on sentait que ça sentait bon.

– Je parie qu'elle fait des crêpes, a dit Oscar.

– Bonjour, madame Pinson ! s'est écriée Violette dès que la porte s'est ouverte. Il paraît que l'appartement en face du vôtre est loué ! Vous avez des détails ? C'est pour notre journal.

Violette a sorti son carnet et son stylo pour noter les infos. Moi, j'aime les journalistes comme elle. Je dis toujours à l'équipe : « Ce n'est pas parce qu'on fait un journal pour rigoler qu'il faut le faire n'importe comment ! »

– Oui, j'ai entendu parler de nouveaux locataires, a répondu madame Pinson. Mais dites-moi…

est-ce un hasard si vous venez m'interroger à l'heure du goûter ?

C'était un hasard, mais on a goûté quand même (crêpes et jus d'orange).

– Alors, madame Pinson, c'est qui les nouveaux ? s'est impatientée Lili.

Oscar l'avait agacée en décidant qu'on mangeait avant d'interviewer. Il étalait la confiture de groseilles (du jardin) sur sa quatrième crêpe.

– C'est toute une famille qui s'installe, a dit madame Pinson. Ils ont des enfants de vos âges, vous allez être contents.

On s'est regardés (sauf Oscar, qui continuait d'étaler).

– Contents… ça dépend…, ai-je répondu.

Il n'y a pas que l'âge qui compte. J'ai pensé à Hugues Langlois qui est dans ma sixième, il n'y a personne au monde qui aurait envie d'avoir Hugues Langlois comme voisin d'immeuble même sur une île déserte.

– Les enfants, je m'en méfie, a ajouté Lili. Y en a qui fourrent leur nez partout.

– Un peu comme vous ? a rigolé madame Pinson.

– Faudrait pas qu'ils découvrent notre QG, ai-je chuchoté.

Madame Pinson a arrêté de rigoler.

– Ah, ça, non !

Elle a même frissonné.

– Mon dieu ! Pourvu que personne ne sache jamais que je vous ai donné la clef de la chambre de bonne des médecins du premier ! Et surtout pas eux quand ils rentreront de l'étranger !

– Ne stressez pas, madame Pinson, l'a rassurée gentiment Violette. On fera attention. Dites, vous, vous les avez vus, les nouveaux locataires ?

– Non, a dit madame Pinson. Il n'y a que madame Lelièvre qui pourrait vous renseigner, elle les a rencontrés hier.

– Aïe, a dit Lili.

Même Oscar a arrêté de s'empiffrer. L'air inquiet et la bouche pleine, il a ajouté :

– *Minche* ! On dirait qu'on n'a pas l'choix, va falloir *deschendre* lui demander…

ÇA SE CONFIRME : ILS DÉBARQUENT !

EN DIRECT DE LA LOGE — UN ARTICLE DE LILI VÉTEL

Ça y est, on sait tout ! Il a fallu qu'on soit très sympas avec madame Lelièvre (par exemple, qu'on aille lui chercher son pain et qu'on monte sur le toit les 2 sacs de terreau qui traînaient dans l'entrée) mais elle a fini par cracher le morceau.

D'après notre témoin, la famille qui s'installera dans une semaine (samedi prochain vers 8 heures) est composée d'un père, une mère, un fils et une fille. **Le témoin dit que ce sont des gens très aimables, mais comme c'est elle qui le dit, ce n'est pas une preuve.** La fille des nouveaux locataires serait plus jeune que nous, le fils un peu plus vieux. Violette est très déçue parce qu'elle sera chez son père ce week-end-là, mais elle peut compter à 100 % sur les journalistes d'*Écolo-Hebdo* pour tout lui raconter !

Dessin Charlie Parsis

LA SEMAINE EN BREF

d'Oscar Parsis

Lundi Récolte très décevante de poireaux, raisins minables.

Mardi On a retrouvé notre chat, Glyphosate ! Monsieur Parsis l'avait enfermé sans faire exprès dans les caves ! Au moins, on n'aura plus de rats !

Mercredi Pique-nique cool sans aucun parent sur le toit (sandwiches, chips, mayo, Coca).

Jeudi Chloé et Fred, les étudiants du deuxième étage, ont repeint le banc de la pergola, mais ils ont oublié de remettre le panneau « Peinture fraîche ». Monsieur Olivier s'est relevé les fesses rayées comme un zèbre. Il a hurlé : « Pour une fois qu'ils font quelque chose, ces deux-là, il faut que ça soit une c... » Ce n'était pas poli mais c'était vrai.

Vendredi Grosse inondation sur le toit-terrasse. On soupçonne madame Parsis d'avoir oublié de fermer l'eau. L'accusée a démenti.

SUITE EN PAGE 3

JOSETTE TOUJOURS SEULE SUR LE TOIT !

D'ARMAND GARY, NOTRE ENVOYÉ SPÉCIAL SUR LE TOIT

Nos journalistes ont passé la semaine à demander aux adultes de tenir leur promesse. Lors de la dernière réunion de l'association des Jardiniers du 7, l'achat d'une copine poule à notre poule Josette a pourtant été voté !

JE N'EN PEUX PLUS D'ATTENDRE !

Pauvre Josette ! Ça doit être triste de passer ses soirées toute seule avec les courgettes ! On essaie de lui remonter le moral et on passe le plus de temps possible avec elle. Surtout Charlie. Il dit qu'à force, il commence à comprendre le poule et qu'elle lui aurait dit : « Cooooot... » D'après lui, ça veut dire : « Je n'en peux plus d'attendre ! »

Dessin de Charlie Parsis

LES PORTRAITS DE LILI

Aujourd'hui, j'ai choisi de parler de monsieur Gary, mari de madame Gary et père de notre ami Armand Gary, il est aussi le président de l'association des Jardiniers du 7 et on se demande pourquoi ! Quelqu'un qui trahit ses promesses (comme acheter une poule) devrait démissionner et plus vite que ça. D'ailleurs, c'est bien ce qu'on va lui demander !

Monsieur Thomas Gary
Âge : inconnu
Métier : inconnu
Adresse : deuxième étage, porte gauche

Et pour son portrait, il n'a pas voulu répondre à mes questions, comme s'il avait un truc à cacher ! Tant pis pour lui !

PROVERBE GOURMAND DE MADAME PINSON

Qui m'aime me suive... à la cuisine !

Brouette et binette

Attendre, ce n'est pas mon truc. Et ce n'est pas le truc des copains non plus. La semaine allait nous sembler interminable : Oscar avait compté qu'il restait encore 135 heures avant l'arrivée des nouveaux locataires.

Heureusement, ce dimanche-là (comme souvent le dimanche), on a été très occupés. Parce que, en septembre, on a toujours beaucoup de choses à faire. Oui, je sais, certains vont penser : « Moi aussi, pour la rentrée, j'ai préparé mon sac, ma trousse et tout ! » Sauf que je ne parle pas de cinq livres à couvrir ou de papiers à faire signer aux parents qu'on oublie de faire signer. Je parle du programme de fous qu'on a tous les ans, nous, au début de l'automne sur le toit-terrasse du 7 rue des Écolos.

Repiquer les salades, semer les oignons et les radis, planter les fraisiers, récolter, désherber, enlever les feuilles qui cachent le soleil aux aubergines, biner, nettoyer, bêcher, cueillir, planter les bulbes.

Et j'en oublie.

Donc, on s'activait dans le potager. Oscar s'acharnait sur le carré de carottes envahi par les mauvaises herbes quand il s'est écrié :

– Oh ! Regardez Josette, ça ne s'arrange pas…

Notre poule avait grimpé sur son poulailler. Elle ne bougeait pas, tête baissée, bec en biais, les yeux dans le vague.

– Tu as reparlé de sa copine poule à ton père ? m'a demandé Violette.

Lui rappeler qu'il nous avait promis une autre poule ? Je ne faisais que ça ! À la maison dès que je le croisais, par texto à son bureau, par Post-it sur le frigo.

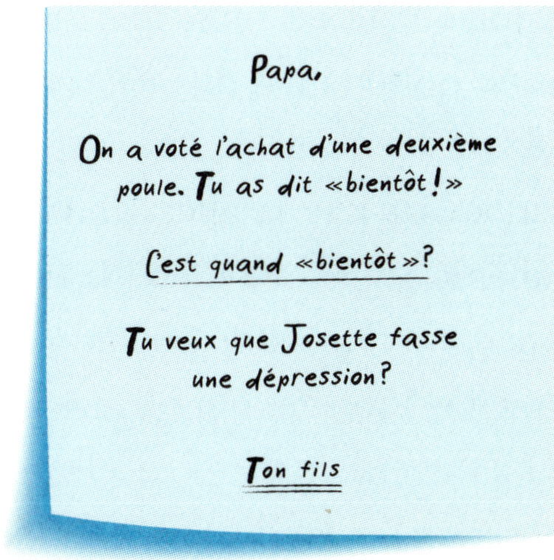

Josette a poussé un long soupir. Un très long *cooot* qui nous a déchiré le cœur.

– Oooooh…, a gémi Violette.

– Ras le bol ! a lancé Lili en lançant aussi de rage son râteau.

Puis elle s'est redressée et elle est allée le ramasser. D'un pas décidé, elle a traversé le toit pour rejoindre mon père près du bac à compost. Il ne s'est pas méfié, il a souri.

– Oui, Lili ? Je peux faire quelque chose pour toi ?

Je ne la voyais que de dos, mais je suis sûr qu'elle l'a regardé droit dans les yeux avant de laisser tomber son râteau. Je ne l'entendais pas non plus, mais je suis sûr qu'elle lui a dit : « Pas de poule, pas de jardinage ! »

Tout le monde a levé la tête. Madame Pinson a arrêté de tailler la vigne, ma mère de trier les plants de salade, madame Parsis de goûter les raisins. Et nous aussi (même Violette, qui n'aime pas faire des histoires), on a traversé le toit pour aller déposer nos outils. Mon père n'a rien dit, il regardait le tas qui grossissait, grossissait devant lui : râteau, brouette, binette, sécateur, plantoir et bêche.

– Moi, *zai* rien à mettre par terre, a dit Charlie d'une toute petite voix. Ah, *zi* !

Et il a délicatement allongé son Pimpin-Lapin dans la brouette.

Les adultes s'approchaient. Madame Pinson a toisé mon père et elle s'est exclamée :

– *Si tu veux des œufs, laisse chanter la poule !*

Parce qu'elle aime beaucoup les proverbes, madame Pinson, et qu'elle en a pour tout. Puis elle a froncé les sourcils (mon père aussi) et elle a ajouté :

– *Mieux vaut mille refus que promesse non tenue !*

La plus gentille de tous (comme assez souvent), ça a été ma mère, qui a enlevé lentement ses gros gants verts pleins de terre et les a déposés direct dans la main de mon père.

Et monsieur Rami a dit :

– Avec tout le travail qui nous reste à faire, je crois que le potager ne supporterait pas une grève générale. J'ai une proposition ! Et si j'emmenais les petits [c'est nous], disons… mercredi acheter leur poule dans une ferme de ma connaissance ?

– Une ferme ? Mais on a acheté Josette sur les quais de Seine. Où vous vous allez trouver une ferme à Paris ? s'est étonné mon père.

Madame Pinson a éclaté de rire.

– Il faut sortir de temps en temps du boulevard périphérique, mon cher Thomas ! Dès que l'on fait une vingtaine de kilomètres, on commence à voir des champs. Vous savez, Thomas… les champs où l'on plante des cultures… Si, si ! c'est très joli ! On voit des petits tracteurs, des agriculteurs et des… maisons qui s'appellent des… des…

– Des «fermes» ! a crié Charlie, qui comprend toujours tout très vite.

Mon père a levé les yeux au ciel.

Mais tout le monde a ri et c'était assez sympa parce que ce n'est vraiment pas souvent que les mêmes choses nous amusent, les parents et nous.

– Rigolez si vous voulez, a répondu mon père. Mais je ne vois pas l'intérêt de partir en expédition alors qu'ils vendent de tout, des perroquets aux lapins, à dix stations de métro d'ici !

– Je ne veux pas un perroquet, ai-je dit, je veux une poule !

– Une vraie poule de vraie campagne ! a précisé Oscar.

– Moi *auzi* ! a renchéri Charlie. Une poule avec des plumes qui pond des *zœufs* !

– Vu le temps qu'on l'a attendue, la poule, on peut quand même l'acheter où on veut ! a protesté Lili.

– Lili, reste aimable, s'il te plaît, l'a reprise monsieur Rami. Donc, si tout le monde est d'accord, je vous emmène mercredi. Thomas ?

– Oui, oui, a murmuré mon père.

Et nous, on a crié parce qu'on était contents.

– Je veux venir ! a tout de suite dit madame Pinson.

Monsieur Rami a d'abord répondu « Bien sûr, chère amie ! » puis il a fait une petite grimace.

– Mince, je n'ai que cinq places dans ma voiture, moi compris…

Et Charlie s'est mis à compter :

– Monsieur Rami, *Ozcar*, moi, madame *Pinzon*, Violette, Armand, Lili, Pimpin-Lapin… Oh ! *Za* fait *douze* !

Là, même mon père a souri.

– Bon, a-t-il bougonné, je peux m'arranger pour emprunter le van de ma société. Je leur envoie un SMS et je vous confirme ça, monsieur Rami. En attendant, on peut se remettre au travail ? À moins que vous préfériez abandonner le potager ? Ce n'est pas grave, on mangera toute l'année de bons légumes du supermarché gavés de pesticides ?

On s'y est remis avec beaucoup d'énergie, mais on n'a plus parlé que de ça. Monsieur Rami est venu nous dire qu'on partirait tôt parce que ce n'était pas tout près. Madame Pinson est venue nous dire qu'on en profiterait pour pique-niquer dans la campagne. Nous, on a réclamé nos sandwiches préférés, c'était ceux qu'elle prépare avec du jambon fumé et des tranches de mozzarella. Et mon père est venu nous dire que, pour le van, c'était OK.

Le patient zéro

Le lendemain, le lundi (111 heures avant l'arrivée des nouveaux locataires et 39 heures avant d'aller chercher la poule), il a plu et tant mieux ! J'aime bien la pluie. Ça nourrit les cultures, plus besoin d'arrosage. C'était la fin d'après-midi, on traînait au QG. Oscar, Charlie et moi, on était étalés sur le canapé à fleurs que nous a donné madame Pinson. Lili et Violette, assises sur le matelas gonflable, nous tournaient le dos. Ça chuchotait, ça écrivait, ça rigolait.

– Qu'est-ce qu'elles font ? m'a demandé mollement Oscar.

– Chais pas…, ai-je répondu (mollement aussi). Des articles pour *Écolo-Hebdo*, je crois…

Ce n'est pas le collège qui nous avait épuisés, c'étaient les encombrants.

Les encombrants, je le dis pour ceux qui ont un QG secret à meubler, il n'y a pas plus chouette ! Dans notre arrondissement, ils ont lieu le deuxième lundi de chaque mois. La veille au soir, tout le monde a le droit de déposer les choses qui ne servent plus sur les trottoirs. À l'aube, les camions blancs de la mairie passent dans les rues et les ramassent. Sauf que nous, on passe avant ! Parce qu'un truc qui aurait fini à la décharge, un truc qui n'est plus rien pour quelqu'un, ça peut être une merveille pour toi et ça évite de produire toujours plus de produits neufs alors qu'il y a des occasions qui sont cool. Vraiment cool.

Du coup, il est confortable, notre QG. On est allés au moins dix fois aux encombrants et on a déjà déniché :

- ✓ un matelas pneumatique ;
- ✓ deux chaises même pas abîmées ;

- ✓ une lampe moche qu'on changera quand on en trouvera une moins moche ;
- ✓ un tapis Winnie l'Ourson, mais ce n'est pas grave parce qu'on a mis des coussins dessus ;
- ✓ une chouette collection de Playmobil pour Charlie ;
- ✓ la petite table qu'avait jetée monsieur Rami ;
- ✓ un vase très chinois avec des oiseaux bleus qu'on a offert à madame Pinson.

Chaque fois, c'est pareil. On se lève vers 5 heures. Pour être discret, moi, je sors de mon appartement en chaussettes. Je descends par les escaliers, je passe accroupi devant la fenêtre de la loge de la gardienne et j'attends les copains sur le trottoir.

Et on part.

Et on trouve des trésors.

Et ce matin, *bingo* ! Mieux que le loto, on a eu le frigo.

– Làààà..., a crié Oscar quand il l'a repéré derrière une étagère.

Tout petit, tout sale, il était génial. Je savais déjà où l'installer dans notre QG : à gauche du canapé, pour attraper (sans me déplacer) une chouette petite bouteille de Coca.

Oh, je sais. Certains vont dire qu'ils ont vu mieux comme trésor. Ils préféreraient trouver un coffre plein à ras bord, sauf qu'il n'y a pas beaucoup de gens assez idiots pour jeter de l'or sur les trottoirs tous les deuxièmes lundis du mois. Et puis ce qui est *précieux*, c'est ce qui est *rare*. Et je peux dire que le Coca, au 7 rue des Écolos, y a pas plus *rare*.

On en buvait tous avant. Avant que tout le monde attrape l'*écologie*. Je rigole ! Je sais bien que ce n'est pas une maladie ! N'empêche que c'est quand même contagieux. Je ne dis pas qu'avant on était des répugnants qui jettent partout leurs emballages en plastique. On triait, on faisait déjà attention à l'eau, on ne chauffait pas trop l'appartement (parce que ça coûte cher). Mais ce qui a tout changé, c'est l'arrivée de monsieur Olivier. Ma prof de sciences de la vie et de la Terre dit que pour une épidémie, il y a toujours un malade qui a chopé le virus en premier. Elle l'appelle le *patient zéro*. Eh bien, c'est pile ça. Monsieur Olivier, c'est le *patient zéro* du 7 rue des Écolos.

Et c'est logique : nous, les Gary, vu qu'on habite sur le même palier, on a été les premiers contaminés. Il a passé des soirées entières à parler avec mes parents. Moi, j'écoutais (il y a un angle derrière le portemanteau de l'entrée d'où je vois tout sans qu'on me voie). En fait, c'était pire que regarder en cachette un film de zombies qui font super peur. Parce que les horreurs qui vont arriver à notre planète et que racontait monsieur Olivier pendant des heures, c'est pour de vrai.

Il racontait comment on pollue, comment on dérègle le climat, comment ça provoque la fonte des glaciers et la montée des océans. Il parlait de milliers d'îles déjà englouties, de New York qui serait sous l'eau en 2050 et moi, j'ai commencé à faire des cauchemars. J'ai même fait un rêve atroce où j'allais à l'école à la nage, mais j'ai coulé avant le portail.

Et c'est là qu'un soir, ça a mal tourné pour mon Coca. Monsieur Olivier a attrapé une bouteille vide sur la table du salon (ma bouteille !) et il a dit :

– Vous êtes sérieux ? Ça ne va pas bien d'acheter encore ces saloperies en plastique ? Vous avez une idée de leur impact écologique ? Vous savez qu'ils en produisent quatre mille à la seconde ? Et vous savez où atterrit tout ce plastique ?

Mon père a répondu et j'ai eu un choc. J'ai appris en même temps que ça finissait dans les océans ET qu'il n'y en aurait plus jamais chez moi.

Je repensais à ça sur le trottoir, là, devant le frigo, même que ça a agacé Lili.

– Bon, Armand, tu nous aides, oui ? s'est-elle écriée. C'est lourd ! Mets-toi du côté de Violette !

– Ben... D'un coup, je me demande...

Ils ont reposé le frigo.

– Tu te demandes quoi ? s'est exclamée Lili.

– Ben... mes parents ne veulent plus que je boive de Coca à cause de l'impact écologique... alors est-ce que ça sert à quelque chose de porter le frigo ?

– Hein ? a crié Lili. Elle est bonne, celle-là ! Ça fait des mois qu'on en parle ! On est même allés voir les prix.

Lili et sa mère ont été les moins contaminées par monsieur Olivier (elles habitent au cinquième).

Et *hop* ! j'ai attrapé le frigo. Bien sûr, je n'y mettrai qu'une toute petite bouteille, ça ne peut pas polluer, une toute petite bouteille…

Bref, cet après-midi-là, j'allais tendre le bras pour choper dans notre nouveau vieux frigo ma toute petite bouteille quand les filles se sont levées du matelas et se sont précipitées vers moi.

– On a fini nos articles ! a annoncé Violette. Tu veux bien les recopier pour le journal, Armand ? Il faut que ça soit très beau ! Ce numéro-là d'*Écolo-Hebdo*, on a décidé de le distribuer à tous les parents !

J'ai lu, Oscar a lu, on a lu à Charlie. Et on a trouvé ça tellement bien qu'on a voulu participer.

LA PLANÈTE EST FICHUE : À QUI LA FAUTE ?

UNE GRANDE ENQUÊTE DE LILI VÉTEL

Ce qui est sûr, c'est que les jeunes n'y sont pour rien parce qu'ils n'étaient même pas nés quand la pollution a commencé. Bien avant qu'ils aient un frigo ! Ce qui est sûr aussi, c'est que les très gros ennuis seront quand même pour eux !

On sait que la planète est fichue pour les humains, parce que le climat se dérègle. Mais on ne sait pas encore si elle deviendra brûlante ou glaciale. Ça ne change rien ! **Soit elle devient brûlante et on meurt. Soit elle devient glaciale et on meurt aussi.**

NOS JOURNALISTES EN 2050 OU AVANT

ON VA DISPARAÎTRE COMME LES DINOSAURES!!!

Les seuls dinosaures qui ont survécu, ce sont les oiseaux, mais pas tous ! Ceux qui vivaient dans les arbres sont morts parce qu'il n'y avait plus d'arbres. Il n'est resté que ceux qui vivaient par terre comme les ancêtres de Josette !

LE GRAND JEU D'ÉCOLO-HEBDO !

TOUS FICHUS, SAUF... CHASSEZ L'INTRUS !

Réponse :

Josette (peut-être)

SUITE EN PAGE 2

POURQUOI FAIT-IL DE PLUS EN PLUS CHAUD ?

UN ARTICLE TRÈS SCIENTIFIQUE DE VIOLETTE HUYNH

Si depuis quelques années, il fait de plus en plus chaud, c'est parce que les humains polluent ! Ils produisent des gaz qui retiennent toute la chaleur du soleil !

La chaleur envoyée par le soleil ne peut plus repartir ! Elle rebondit sur les gaz qui entourent la planète. C'est ça, l'effet de serre. La chaleur est coincée par les gaz comme sous une serre ! Ces gaz, c'est beaucoup, beaucoup de CO_2 et un peu de méthane.

LES HUMAINS POLLUENT ET LES VACHES AUSSI !

Les humains produisent surtout du CO_2 (du dioxyde de carbone). Les vaches et les déchets pètent du méthane.

Les arbres et les océans pourraient absorber le CO_2 et ça serait moins la catastrophe. MAIS pour être sûrs que ça finira mal, les humains coupent les arbres et polluent les océans ! Les océans, devenus trop acides, n'absorbent plus RIEN du tout !

Toute l'équipe d'*Écolo-Hebdo* remercie Violette Huynh, pour ses super recherches sur Internet (et dans son classeur de SVT). Et remercie aussi tous les autres scientifiques du monde entier.

SUITE EN PAGE 3

RAS LE BOL QU'ON NOUS CULPABILISE !

UN ARTICLE D'ARMAND GARY

En tant que journaliste, je trouve un peu exagéré et carrément nul qu'on nous demande de faire de gros efforts (par exemple, de ne plus boire de Coca) alors que partout on continue de polluer !

ON DEMANDE TOUS LES EFFORTS AUX ENFANTS COMME D'HABITUDE

Écolo-Hebdo a interviewé un jeune habitant de notre immeuble. Sa vie a beaucoup changé depuis que l'on y parle sans cesse écologie.

Écolo-Hebdo : « Vous vous souvenez de votre vie d'avant ? »

L'interviewé : « Oh oui ! On allait au fast-food et on mangeait des frites ! »

Écolo-Hebdo : « Il n'est pas urgent de protéger notre planète ? »

L'interviewé : « Bien sûr que si ! Mais j'en ai ras le bol qu'on essaie de me culpabiliser ! Mes parents me regardent comme si j'étais un criminel qui veut faire exploser la Terre lui-même quand je demande un Coca. Moi, on m'empêche de boire, mais on n'arrête pas les usines polluantes ! »

Écolo-Hebdo : « Vous pensez qu'on demande tous les efforts aux enfants ? »

L'interviewé : « Oui ! Évidemment ! Comme d'habitude ! »

GRAND SONDAGE : QUI ASSASSINE NOTRE PLANÈTE ?

☐ Les adultes qui laissent construire ça ?

☐ Les enfants qui ont soif quand il fait chaud ?

Merci de découper votre bulletin et de le déposer dans la boîte aux lettres d'Armand Gary, qui transmettra.

SUITE EN PAGE 4

NUMÉRO SPÉCIAL ÉCOLOGIE D'ÉCOLO-HEBDO PAGE 4

MAIS IL Y AURA QUI APRÈS NOUS SUR TERRE ?

On n'en sait rien. Tout ce qu'on sait, c'est que les humains vont disparaître. Même pas besoin qu'un astéroïde s'écrase sur nous sans le faire exprès ! Les humains auront saccagé tout seuls leur planète et là, nous, on dit : « Félicitations ! Bravo ! Vous êtes les champions ! Merci ! Merci d'avoir pensé à nous ! »

UN ARTICLE D'OSCAR PARSIS

Question de Charlie Parsis,
5 ans, élève de grande section à la maternelle des Poucinets
« Pourquoi y z'arrêtent pas de polluer ? Y z'ont bêtes ou quoi ? »

Réponse de Lili Vétel : « Ils s'en fichent, Charlie, parce que ceux qui décident maintenant, en 2050, ils seront déjà tous morts ! »

DERNIÈRE MINUTE ! Venue voir pourquoi on restait enfermés si longtemps au QG, madame Pinson a lu en avant-première nos articles et elle nous a raconté une histoire. Elle demande qu'on l'ajoute à notre numéro spécial, alors on l'ajoute.

LA DRÔLE D'HISTOIRE DE MADAME PINSON

Un terrible incendie se déclencha dans la forêt. Tous les animaux fuyaient. Tous, sauf un minuscule colibri. Chaque fois qu'il trouvait une goutte d'eau, il la prenait dans son bec et allait la recracher sur les flammes.
– Mais qu'est-ce que tu fais ? lui cria un animal. Tu ne crois quand même pas arrêter tout seul l'incendie ?
– Non, répondit le colibri. Mais je fais ma part !

Charlie le colibri

C'est seulement le lendemain, le mardi (91 heures avant l'arrivée des nouveaux locataires et 19 heures avant d'aller chercher la poule), que j'ai compris le coup du colibri.

Il faut être honnête quand on raconte sa vie.

Quand madame Pinson nous avait raconté son histoire, je m'étais même dit qu'il était un peu crétin, l'oiseau. Ce qu'il faisait ne changeait rien, il risquait juste de finir rôti.

Donc le mardi, on était passés chercher Charlie à l'école et on rigolait. Tous sauf Violette, qui ne va plus dans notre collège depuis que ses parents sont séparés (mais je n'aime pas trop en parler non plus). Lili nous montrait les vingt et un exemplaires de notre numéro *Écolo-Hebdo* spécial écologie qu'elle avait réussi à imprimer au CDI. Un exemplaire pour chaque habitant de l'immeuble, nous compris. Jamais on n'avait fait un tirage pareil, c'était impressionnant !

On se demandait si on allait les glisser dans les boîtes ou sonner aux portes quand Charlie a lâché la main d'Oscar. Il a foncé droit devant lui et *ziou* ! il a plongé dans le caniveau. Il a ramassé un gobelet et s'est vite relevé pour le jeter dans une poubelle.

– Hé ! a crié Oscar. T'es fou ? Reviens ici ! Y a des voitures ! Qu'est-ce que tu fais, Charlie ?

– *Ze* fais le colibri !

– Qu'est-ce qu'il est futé ! a dit Lili.

– Normal, c'est mon frère, a répondu fièrement Oscar.

– Moi, j'en n'ai pas, a repris Lili, et ça m'arrange parce que je ne veux personne d'autre dans ma chambre, mais si j'en avais un, je voudrais qu'il soit comme lui.

Le colibri est revenu prendre la main d'Oscar et on est repartis. Lili a jeté un œil sur les exemplaires d'*Écolo-Hebdo* qu'elle tenait contre elle et elle s'est exclamée :

– On est nuls ! On s'énerve que les adultes ne nous écoutent pas et on fait la même chose avec Charlie parce qu'il est plus petit que nous ! On l'a laissé poser deux pauvres questions, il faut lui donner une page entière pour donner son avis !

On a accéléré le pas. En se dépêchant, on avait juste le temps de rattraper ça avant la grande distribution.

Chez madame Pinson, qui a une imprimante et qui veut toujours bien nous imprimer des trucs (mais pas trop), on a installé Charlie à une table avec des feuilles et des crayons.

– Vas-y… Dis tout ce que tu veux ! a commencé Oscar.

Madame Pinson ne comprenait pas ce qu'on faisait, alors Lili lui a expliqué pour le gobelet.

– Bravo, mon petit ! s'est exclamée madame Pinson en tapotant les boucles de Charlie. Allez, ils ont raison. Tout le monde est concerné, chacun a le droit de s'exprimer.

– Et même quand on est petit ! a insisté Lili. Dites, madame Pinson, vous n'avez pas un proverbe qui dit ça ?

– Je cherche…, a répondu madame Pinson en se dirigeant vers la cuisine.

Ça commençait à sentir très bon le chocolat chaud, Charlie dessinait (en cachant sa feuille) quand madame Pinson a crié :

– Je l'ai ! *La valeur n'attend pas le nombre des années !*

Quand Charlie a terminé, il a donné sa feuille à madame Pinson pour qu'elle la photocopie, mais il n'a pas voulu qu'on la regarde.

– *Zinon* y en a qui vont vouloir *zanger* des *sozes*…, lui a chuchoté Charlie, méfiant.

Ça aurait dû m'inquiéter, mais je ne pensais qu'à redescendre. On avait opté pour les boîtes aux lettres et je voulais que les voisins trouvent notre journal en rentrant de leur travail. On s'est précipités dans les escaliers et on est arrivés en bas au moment où Violette revenait de son collège.

Bien sûr, je lui ai donné tous les exemplaires et j'ai dit :

– À toi, l'honneur, Violette !

Parce que c'était quand même elle, la scientifique. Lentement, fièrement, elle les a distribués en veillant à ne pas les froisser. Elle glissait les deux derniers dans la boîte de monsieur et madame Rami quand notre gardienne est soudain sortie de sa loge. Un peu comme les clowns qui jaillissent des boîtes avec un nez rouge et des cheveux affreux.

– Ta ! ta ! ta ! ta ! a-t-elle crié, le doigt levé.

Je traduis parce que tout le monde ne connaît pas madame Lelièvre. Ça voulait dire : « Arrêtez tout de suite ce que vous êtes en train de faire et expliquez-moi ça ! »

Lili a soupiré et rétorqué :

– On poste du courrier. On a écrit un journal de journalistes pour tout l'immeuble. Ce n'est pas encore interdit, j'espère ?

Normalement, notre gardienne se fâche quand Lili répond. Mais là, c'était bizarre, elle a fait un super grand sourire et s'est retournée vers sa loge en lançant :

– Madame, monsieur Dupin, venez donc dans l'entrée… Venez voir vous-même ce dont je vous parlais…

Et elle a ajouté :

– Comme je vous le disais, il y a dans notre immeuble des enfants charmants [elle a fait un signe du menton vers Violette] qui feront d'excellents compagnons pour vos enfants et d'autres… plus… plus compliqués.

Et elle nous a présenté les nouveaux locataires de l'appartement maudit !

– Monsieur et madame Dupin, a-t-elle dit. Ils sont venus récupérer une clef.

Les nouveaux locataires étaient pressés. On a échangé quelques mots pas très intéressants comme « Bonjour » et « Enchantés ». Et ils se sont dirigés vers la porte.

– Oh, attendez ! s'est exclamée madame Lelièvre.

Elle a ressorti l'*Écolo-Hebdo* qui dépassait de la boîte de monsieur Olivier et elle leur a donné en ajoutant d'une voix sucrée comme du sirop :

– Je n'ai pas encore lu cette merveille, mais je parie qu'elle vous permettra de découvrir la personnalité de quelques-uns de vos jeunes voisins… Tenez !

Les copains sont rentrés chez eux, moi, j'ai quand même fait un petit détour par le QG. J'aime bien ces petits moments tranquilles et c'est rare d'être seul dans notre immeuble.

Je me suis tout de suite installé sur le canapé à fleurs. En sirotant la fin de ma petite bouteille, j'ai repensé à Charlie. Moi aussi, j'aurais voulu un frère comme lui. Oscar, c'était un super veinard !

Et c'est là que j'ai ouvert mon exemplaire d'*Écolo-Hebdo*.

Et aussitôt, débranché le frigo.

PAJE DE CHARLIE
ARÈTÉ DE POLUÉ !
SILVOUPLÈ
OU KAN JE SERÈ GRAN
IORA PLU RIEN.
É ARMAN, TU POLU OSSI !
D'ARMAN
KOKA
ARMAN

5
Une poule sur un mur

Le lendemain matin (en fait, dès notre départ pour la ferme), j'avais senti que ça allait être compliqué.

Même dans un van de huit places, ce n'était pas évident de caser madame Pinson, ses paniers en osier, sa pile de couvertures pour s'asseoir dans l'herbe sans se faire piquer par les bêtes qui piquent, les copains (mais pas Glyphosate), moi, nos petits sacs à nous et le sac géant d'Oscar.

– Ils ne vont jamais tenir, c'est pire qu'un jeu Tetris…, a soupiré monsieur Rami.

On a réussi à se tasser quand Lili a eu l'idée de glisser les paniers sous les jambes des plus petits (Violette et Charlie).

Sympas, nos parents ont assisté à notre départ.

– Soyez prudent, Victor, a dit mon père, la boîte de vitesses est capricieuse. Je compte sur vous pour me ramener le van en bon état.

– Les enfants aussi ! a rigolé madame Parsis.

C'était marrant. Ils nous faisaient des signes et des recommandations. Ça ressemblait au départ de notre voyage scolaire en CM2 (pour la Normandie). Celui où on a oublié Léon Brunet aux toilettes de la station-service. Même que la maîtresse pleurait et qu'elle s'est mise en colère quand on a chanté dans le car :

– *Ce n'est qu'un au revoir, Léééon… Ce n'est qu'un au revoiiir…*

Il n'y avait pas de quoi s'énerver. Léon, les employés de la station l'ont retrouvé assez vite et ils nous l'ont mis dans un taxi direct pour l'hébergement. La maîtresse était tellement contente de le revoir qu'on a pu faire tout ce qu'on voulait pendant trois jours. Tu veux changer de chambre ? D'accord ! Tu n'as pas très envie de faire l'activité sur la faune et la flore des côtes de la Manche ? D'accord ! Tu veux faire un feu de camp sur la plage ? D'accord ! Tu veux des allumettes ? Tiens, prends mon briquet, c'est plus pratique !

Je n'avais jamais vu la maîtresse comme ça. C'est Marion Brouard qui a tout gâché d'un coup, le mercredi, en se perdant dans les dunes.

Mais ce n'est pas du tout ce que je voulais raconter. J'en étais où ? Dans le van ! Et on roulait. On roulait même depuis assez longtemps. « Une ferme de ma connaissance », avait dit monsieur Rami. La ferme, il la connaissait, le chemin pour y aller, pas trop.

– *Tous les chemins mènent à Rome !* lançait joyeusement madame Pinson chaque fois qu'on faisait demi-tour. On va y arriver, les enfants !

Comme copilote, elle n'était pas terrible non plus.

– Si vous aviez l'adresse, on aurait pu la rentrer dans le GPS, a grogné Lili.

– Pfff ! Utiliser un GPS, et quoi encore ? a fait monsieur Rami. J'aime l'aventure, moi ! Vous croyez que Christophe Colomb avait une appli pour découvrir l'Amérique ?

Et il a explosé de rire. (On avait déjà remarqué qu'il rigole beaucoup plus quand madame Rami n'est pas là.)

Et ça a beaucoup amusé madame Pinson.

– Mais ouiiii ! a-t-elle renchéri. C'est ça qui s'est passé ! Christophe Colomb voulait aller en Inde, mais il s'est trompé en entrant les coordonnées ! Ha ! ha !

Lili a hoché la tête, Violette a levé les yeux au ciel. Charlie n'a rien dit, il avait un peu mal au cœur.

– On est déjà passés là, non? m'a demandé Oscar, le nez collé à la vitre. Ou alors il y a plusieurs villages qui s'appellent Conche-sur-Layon.

Entre l'arrêt pique-nique et les demi-tours de monsieur Rami, j'avais peur qu'on arrive trop tard. Ça ne doit pas être facile de choisir une poule de nuit à la lampe torche.

Bref, on repassait dans Conche-sur-Layon (assez vite parce que c'est assez petit) quand monsieur Rami a crié :

– Hééeé ! Là ! Là ! À droite, après la mairie ! Ça me dit quelque chose, mais j'étais vraiment minot la dernière fois que je suis venu. Oh, oui, c'est ça ! Il faut tourner là !

On a trouvé la ferme, d'accord, mais l'accueil n'a pas été très chaleureux. Le fermier a dit qu'on aurait dû prévenir, sa femme aussi. Il avait du travail, lui, sa femme aussi.

C'est madame Pinson qui leur a expliqué qu'on voulait acheter une poule. Monsieur Rami ne disait rien. Depuis qu'il s'était garé, il regardait partout avec des yeux ronds.

– Tout va bien, Victor ? lui a demandé plusieurs fois madame Pinson.

Il n'a jamais répondu.

– Une poule ? Une poule comment ? a répété le fermier.

– Vivante, a dit Lili.

– Avec des plumes, a dit Violette.

– Qui pond des *zœufs*, a précisé Charlie.

– Mais qu'est-ce que vous allez faire d'une poule vivante ? s'est méfiée la fermière. Vous êtes des Parisiens, vous, je le devine tout de suite.

– Ben, on va la mettre dans notre poulailler, a répondu Oscar. Avec notre autre poule qui s'appelle Josette !

– Vous avez des poules à Paris ? s'est étonné le fermier.

– Ben ouiiiii, a fait Oscar, qui s'impatientait. Sur notre toit !

Le fermier a plissé les yeux et il a répété tout bas :

– Un poulailler… à Paris… sur le toit… bien sûr…

Soudain, la fermière a fixé monsieur Rami, qui continuait de sourire étrangement en regardant partout.

– Oh ! Ce monsieur ne te rappelle pas quelqu'un ? a-t-elle demandé à son mari.

Le fermier a secoué la tête à toute vitesse.

– Mais si ! Mais oui ! On dirait le vieux Gaston Rami de la ferme des Tilleuls, celui qui élevait des moutons ! Ça alors ! C'est son portrait craché !

Là, monsieur Rami a enfin retrouvé la parole. Tout ému (Violette a dit après qu'elle avait vu une larme rouler sur sa joue), il a bredouillé :

– Gaston… c'était mon grand-père. Je suis… touché que vous vous en souveniez.

– Mais alors…, a crié la fermière. Tu es le petit Totor ! Totor Rami ! Tu venais tout le temps quand tu étais petit ! Viens que je t'embrasse, Totor !

L'ambiance a changé direct.

On a été invités à entrer dans la maison pour boire du cidre (mais « pas trop », a dit madame Pinson) et manger des gâteaux. On a été invités à visiter toute la ferme. La fermière nous a montré la mare où Totor avait failli se noyer en attrapant des canards, la grange où il était resté enfermé deux jours parce qu'on ne l'entendait pas à cause du bruit de la moissonneuse-batteuse, la fosse à fumier où il avait plongé la tête la première à cause d'un pneu de vélo qui avait éclaté. C'était super, il y avait plein de bâtiments en pierre, plein de paille et des vaches et un coq et un cheval et un chien qu'il ne fallait pas toucher parce qu'il mord quand il ne connaît pas.

– Il connaît peut-être Totor ? a lancé Lili.

Et tout le monde a rigolé.

– Bon, on la choisit, cette poule ? a lancé la fermière. Je vous l'offre !

– Pas question, a répondu monsieur Rami.

– Si, si, j'insiste, a insisté la fermière. Pas d'histoire d'argent entre nous…

– … TOTOR ! a-t-on crié en chœur, mais monsieur Rami a dit qu'on avait compris et que ça ne serait pas utile de répéter son surnom à tout le monde quand on serait de retour au 7.

– Hé…, nous a soufflé Oscar. Arrêtez de l'appeler Totor, faudrait pas me le mettre de mauvaise humeur. Vous allez comprendre, je vais chercher mon sac de sport.

Il s'est éclipsé et le fermier nous a présenté les poules.

– Je vous propose Paulette, c'est une bonne pondeuse, a-t-il dit en désignant une jolie poule grise.

Ou l'une des trois rousses, mais elles ont toutes des poussins.

– Il faut qu'on se dépêche, je ne veux pas rouler de nuit. Je pense qu'on va opter pour Paulette, a tranché monsieur Rami.

– Attendez ! a crié Oscar, qui revenait en courant, son sac dans les bras. Attendez ! Ça ne se fait pas de choisir les amis des autres !

Juste devant le poulailler, il a posé son sac et fait glisser la fermeture Éclair. Je n'en croyais pas mes yeux. Tout à coup, j'ai vu apparaître Josette ! Tout ébouriffée, la crête de travers, elle claquait du bec. Le voyage l'avait un peu sonnée, mais elle a tout de suite détesté Paulette. Dès qu'elle l'a repérée, elle a secoué ses plumes et elle lui a foncé dessus, Josette était déchaînée !

– Ça…, a dit le fermier. Faut reconnaître que votre poule a de l'énergie pour une Parisienne.

Grimpée sur une échelle en bois, Paulette s'est crue en sécurité, elle a commencé à battre des ailes pour narguer Josette… Erreur ! Josette a bondi et *hop*, *hop*, *hop*, elle a atteint le dernier barreau.

– Ça suffit, elle va lui faire du mal ! a crié la fermière en fonçant récupérer sa poule.

Elle l'a remise dans le poulailler et monsieur Rami a commencé à faire des reproches à Oscar. Il était un peu agacé qu'il ait emmené Josette en cachette.

– Oui, c'est vrai, a dit madame Pinson. Mais reconnaissez, mon cher Victor, qu'il est tout de même préférable qu'elles se soient battues ici plutôt qu'à notre retour sur le toit du 7 !

Et c'est pile à ce moment-là que, *paf* ! Josette a soudain vu l'amie de ses rêves. Elle s'est arrêtée comme frappée par la foudre puis elle s'est mise à tourner autour d'elle en faisant des petits bruits de poule (on pense qu'elle lui disait des trucs sympas). Soudain, elle lui a donné trois petits coups de bec sur le bec.

– *Z'est* l'amour ! a pouffé Charlie.

Alors on a tous félicité Oscar (même monsieur Rami) parce que c'était merveilleux de voir Josette si heureuse. Et une chose est sûre, nous, jamais, jamais, on aurait choisi cette poule-là !

L'ennemi rôde

Je pense qu'on n'oubliera pas l'accueil qu'ils ont fait à la nouvelle copine de Josette. Et elle non plus.

Madame Rami

– Mon Dieu, quelle horreur ! Dites-moi qu'elle était soldée ! Et vous dites que c'est Josette qui l'a choisie ?

Madame Pinson

– Que voulez-vous, *L'amour est aveugle*…

– Ha ! ha ! Vous n'avez pas voulu payer un supplément pour les plumes ? Ha ! ha !

Ça, c'était sur le trottoir, on venait à peine de descendre du van, mais ils ont continué pendant qu'on montait sur le toit.

– Vous êtes sûrs qu'elle n'a pas une maladie de peau ? Les enfants, n'y touchez pas avant qu'on en soit certains !

– Même pas vrai ! Elle n'est pas malade et elle est très *zolie* ! a protesté Charlie. Et elle *z'appelle* Odette !

Là, tous les adultes se sont tournés vers la gardienne et, sur le moment, je me suis demandé pourquoi parce que, nous, madame Lelièvre, on ne l'appelle jamais par son prénom.

– Oui, eh bien, vous allez lui donner un autre nom, nous a chuchoté ma mère.

J'allais lui répondre qu'il n'en était pas question (j'ai entendu dire que si on change les noms des animaux qu'on adopte, ça les traumatise !) quand j'ai vu mon père. Il n'était pas descendu nous accueillir, il nous attendait assis sur le banc de la pergola. Il s'est levé d'un bond en nous voyant approcher. Avec un air très content de lui, un air assez malicieux.

– Regarde ton père, Armand, m'a dit Oscar. Il sourit, il se frotte les mains, on dirait qu'il prépare un truc…

– Je sais, j'ai vu, ai-je répondu.

J'avais vu aussi, derrière lui sur le banc, une grande forme rectangulaire couverte d'un linge blanc.

– Alors, cette poule ? a lancé mon père.

On a ouvert plus grand le sac de sport d'Oscar pour qu'il la voie mieux et il a explosé de rire.

– Ha ! ha ! qu'elle est vilaine ! Moi, j'ai fait un détour par les quais de Seine et admirez la bête !

Il a arraché le drap blanc et on a découvert dans une cage la plus jolie, la plus adorable des mini poules que j'avais jamais vues.

– Poule des villes VS poule des champs, y a pas photo, la mienne est mille fois plus belle ! a tonné mon père. Une poule de Barbarie, s'il vous plaît !

– *La seule beauté durable est la beauté du cœur*, s'est agacée madame Pinson. Et on dirait qu'il en manque à certains !

Mais monsieur Rami a été encore plus formidable, il a dit tout net à mon père, qui a arrêté de rire aussitôt :

– Notre Odette est parfaite ! Et je ne savais pas qu'il y avait des critères de beauté à respecter pour avoir accès à notre précieux toit. Soyez gentil, Thomas, de me le rappeler la prochaine fois que vous y monterez en short troué et débardeur fatigué !

Et *toc* !

– Vous êtes tous devenus fous ? a demandé madame Rami. On avait dit *une* poule ! Ce n'est plus un jardin, c'est un zoo !

Madame Pinson m'a alors tendu l'un de ses paniers en me disant :

– Mon cher Armand, je crois que c'est le moment de le vider. *Une* poule, *deux* poules, *trois* poules, au point où on en est…

Et on a libéré les poussins.

Il y a eu des protestations, bien sûr, mais à peu près autant de « Oooooh, comme ils sont mignons ! ».

– Vous les trouverez moins mignons quand ce seront des coqs qui chanteront dès 5 heures du matin ! a prévenu madame Parsis.

– On agira en temps voulu, ça suffit ! a crié monsieur Rami.

Puis il s'est tourné vers nous et il a dit :

– Les enfants, madame Pinson, la nuit tombe. Je crois qu'il est temps de montrer à cette poule des villes, à notre Odette des champs et à ses petits leurs nouveaux appartements…

On l'a suivi. Et on l'a remercié. Pour le voyage, pour le pique-nique, pour les demi-tours, pour le cidre et la visite de la ferme, pour avoir si bien défendu nos poules. Monsieur Rami était content, très content.

En poussant du bout des doigts, les petits poussins dans le poulailler, Charlie a ajouté :

– T'es mon ami, monsieur Rami. Si y a un *pouzin* qu'est un *coq*, *zûr* que moi, *z'l'appelle* Totor !

Les poussins, c'est marrant, d'accord, mais on s'est vite rendu compte qu'ils allaient nous donner un boulot fou. Nos parents n'ont pas tort quand ils se plaignent que surveiller les enfants, c'est épuisant. Et encore… eux, ils n'ont pas eu à nous protéger… DES OGRES !

Parce qu'il y en avait un qui rôdait sur le toit-terrasse, toutes griffes dehors et poil hérissé. Prêt à bondir, prêt à jaillir. Planqué mais pas discret, Glyphosate se léchait déjà les babines.

Et inutile de le raisonner, ce chat n'obéit à personne. Depuis qu'on l'a (madame Pinson l'a trouvé sur son paillasson), Glyphosate n'écoute que son estomac et détruit tout ce qui lui passe à portée de patte. Dans notre potager, il s'est attaqué aux cultures, il a uriné sur les semis, sur toutes les plantations. C'est bien pour ça qu'on l'a appelé Glyphosate, comme le désherbant total.

– Sois raisonnable, Glyphosate…, a quand même essayé Violette d'une voix douce. N'approche pas des poussins, Glyphosate…

Mais il n'avait qu'une idée en tête : les bouffer tout crus. Et je n'aimais pas non plus le regard cruel des pigeons qui s'étaient réunis pour guetter sur les cheminées du 9.

Alors quoi faire ?

Il fallait trouver une solution, car on ne pouvait pas compter sur leur mère, toujours en promenade avec Josette. Pas meilleure baby-sitter, la poule de Barbarie les suivait au petit trot. Nos parents tous redescendus, les poussins n'avaient plus que nous comme gardes du corps et on courait partout.

– Ce poulailler est une vraie passoire, a gémi Violette. Tu bouches un trou, ils en trouvent un autre.

– Faut mettre en place des tours de garde, a dit Oscar.

Jusqu'à 22 heures, il y avait des volontaires, mais les surveiller jusqu'au petit matin, ça nous tentait moins. C'est là que Violette a proposé de les installer au QG pour la nuit.

– Mais ils vont tout nous saccager ! a protesté Lili. Ils sont petits, d'accord, mais regardez dans quel état ils ont mis les aubergines !

– Ça m'embête aussi, mais on n'a pas le choix, ai-je soupiré en attrapant un panier. Vous, vous attrapez les poules ; Oscar et moi, on chope les poussins !

J'étais à quatre pattes sous la ruche pour capturer le dernier quand on a entendu un grand bruit. J'ai tourné la tête, monsieur Rami était remonté et venait de lâcher deux sacs de toile sur le plancher de la pergola.

– Pour la nuit, je m'en occupe de vos poussins ! a-t-il lancé. Allez, les petits, descendez dîner et vous coucher. Je déballe ma tente et je monte la garde, mais filez avant que je change d'avis…

On ne s'est pas fait prier. Je n'avais même jamais traversé aussi vite le toit-terrasse. On s'est engouffrés dans les escaliers et Charlie a crié :

– Monsieur Ramiiiii ! T'es notre *zuper* ami ! Et tu sais, quoi ? Même *zi z'est* des filles, moi, les *pouzins*, je les *zappelle* tous Tortor !

Quelle chouette journée! En me couchant (content et fatigué), j'ai repensé à notre numéro spécial écologie d'*Écolo-Hebdo* et à mon super sondage. On avait tellement eu à faire que je n'avais pas demandé à mes parents ce qu'ils en avaient pensé. Je me suis relevé et j'ai couru dans le salon. Toutes lampes éteintes, ils regardaient un film policier. Trois enquêteurs questionnaient un type qui avait vraiment une sale tête.

– On en sait déjà assez pour te coffrer, Félix. Vaut mieux pour toi que tu te mettes à table, le juge sera plus clément.

– Papa, maman, vous avez lu notre *Écolo-Hebdo* ? Vous avez répondu à mon sondage ?

– Non, je n'ai pas eu le temps… Chuuut! a dit mon père. Il va avouer! Je le sens, il va craquer!

– Le réchauffement climatique était bien expliqué, non ?

– Oui, oui… super, a dit ma mère en montant le son. C'est horrible, s'il n'avoue pas maintenant, on ne retrouvera pas ses victimes à temps!

– Il y avait du courrier pour moi dans la boîte aux lettres ?

– Oui, oui, sur le frigo…

Je suis parti. Pas un seul compliment pour tout ce travail, c'était hyper décevant. Mon avis et celui des copains, ça ne les intéressait pas du tout !

Les autres habitants de l'immeuble avaient peut-être mieux réagi ? En entrant dans la cuisine, j'avais encore un peu d'espoir, j'en ai pas eu longtemps.

Seulement DEUX réponses à mon sondage sur le réfrigérateur…

GRAND SONDAGE : QUI ASSASSINE NOTRE PLANÈTE ?

☒ Les adultes qui laissent construire ça ?

☒ Les enfants qui ont soif quand il fait chaud ?

Les deux !!! Monsieur Olivier

Merci de découper votre bulletin et de le déposer dans la boîte d'Armand Gary, qui transmettra.

GRAND SONDAGE : QUI ASSASSINE NOTRE PLANÈTE ?

☐ Les adultes qui laissent construire ça ?

☐ Les enfants qui ont soif quand il fait chaud ?

Tous les adultes ne sont pas responsables non plus ! Je n'ai pas souvenir, mon cher Armand, d'avoir fait construire une usine !

Madame Rami

Merci de découper votre bulletin et de le déposer dans la boîte d'Armand Gary, qui transmettra.

Avis de recherche

– Totor 1, Totor 2, Totor 3…

Le lendemain matin, je suis remonté sur le toit dès 6 heures, j'étais super stressé. Quand on a quatre poussins, il en manque toujours un.

– Je ne comprends pas…, se lamentait monsieur Rami. J'ai calfeutré les trous et la porte du poulailler et j'ai mis ma tente juste devant. Je l'aurais entendu si Glyphosate avait attaqué. Ça m'aurait réveillé, j'ai le sommeil si léger ! Je ne comprends pas… Mais où il est ?

Glyphosate ronronnait sur le banc de la pergola, l'air super innocent. J'ai vérifié ses pattes :

pas de sang ; j'ai tâté son ventre : pas de poussins ! Pas la moindre preuve, mais j'ai gardé un gros doute.

J'étais paniqué pour le poussin et très triste pour monsieur Rami. Ce n'était pas juste que ça lui arrive à lui. Il nous donne toujours du temps et, même s'il en a beaucoup à la retraite, ce n'est pas obligé. Mon grand-père ne travaille plus non plus, mais lui il s'est abonné à Netflix.

Je suis parti au collège avec une boule au ventre. Et les copains aussi (on n'a rien dit à Charlie). En techno, j'ai laissé mon portable allumé dans ma trousse. C'est interdit dans le règlement intérieur, mais ils ne disent rien pour les cas d'urgence. Et j'ai compris que madame Pinson recherchait aussi Totor 4, car c'est elle qui m'a envoyé le premier SMS.

Toujours introuvable.

Après, on a eu histoire ou anglais, je ne sais plus, et ça ne s'arrangeait pas.

On vérifie la cage d'escaliers. Mais nous n'avons plus beaucoup d'espoir. Madame Lelièvre vient de passer l'aspirateur, elle l'aurait remarqué.

Mais je suis sûr que c'est en français que j'ai poussé un hurlement.

ON L'A !!!!!!
Au fond du duvet de M. Rami !
ON L'A !!!!!!!

– HOURRA !

– Armand Gary, carnet sur mon bureau ! a crié monsieur Backès.

Et moi, j'ai crié à Oscar à l'autre bout de la classe :

– ILS L'ONT ! Tu ne vas pas le croire, IL ÉTAIT DANS LE DUVET !

– Vous vous croyez où ? Dehors ! Tous les deux, à la Vie scolaire et au trot ! a ajouté le prof.

Et ce n'était pas fait exprès, mais c'était sympa de sa part parce qu'on a pu aller plus tôt que prévu téléphoner dans les toilettes.

– Mais ouiiiii… Comme je te le diiiis…, m'a répondu madame Pinson. Tout au fond du duvet ! On n'y croyait plus, Victor rangeait déjà ses affaires. D'ailleurs, il a tout redéballé.

– Ah bon ? Il veut bien surveiller les poussins encore une nuit ?

– Non, Armand, mais il vous prête sa tente !

IL EST VIVANT ! TOTOR 4 A SURVÉCU !

ARMAND GARY, EN DIRECT DU COURS DE MATHS ET MÊME QUE SI MONSIEUR CHEVALIER NOUS CHOPE, ON EST MORTS

On sait que ça finit souvent mal de faire autre chose qu'écouter le prof en faisant semblant de comprendre, mais les journalistes d'*Écolo-Hebdo* n'ont pas le choix ! Bien obligés d'écrire en classe : en ce moment, y a pas d'autre endroit où on a quelques minutes à tuer.

PAS UN BLEU, PAS UNE ÉGRATIGNURE, PAS LA MOINDRE MORSURE !

C'est un miracle ! On était tellement sûrs de ne jamais revoir Totor 4 qu'on se demandait déjà comment annoncer la nouvelle à Charlie ! On cherchait même un coupable. Moi, j'accusais Glyphosate. Lili accusait madame Lelièvre.

D'APRÈS UN SMS DE MADAME PINSON

Peut-être qu'elle n'avait vraiment pas apprécié qu'Odette s'appelle Odette ? Oscar accusait les pigeons et, dès notre retour, voulait aller chercher des preuves de leur crime sur le toit du 9.

LE GRAND JEU D'OSCAR PARSIS (EN COURS DE MATHS AUSSI)

TROUVEZ LES SUPERHÉROS SUPER BIEN CACHÉS !

Indices :
Un chat
Un poussin
Une araignée
Une chauve-souris

i	M	C	C	B	B	V	Ç	P	R	Y	Q
B	K	X	H	N	W	E	i	R	R	O	T
J	C	L	L	V	W	E	U	H	N	Z	Y
B	Z	B	F	Y	Z	C	T	N	C	D	G
X	O	A	E	K	Q	E	Y	R	R	G	O
X	S	T	U	T	R	O	T	O	T	U	B
T	U	M	K	N	T	U	H	V	Y	Q	V
O	N	A	M	R	E	D	i	P	S	K	L
C	A	N	i	W	R	T	B	N	G	V	Y
C	T	E	C	A	T	W	O	M	A	N	S
Z	M	E	Q	Q	D	H	N	G	P	P	X
N	A	M	R	E	D	i	P	S	T	W	N

SUITE EN PAGE 2

TOUT SUR LA SÉCURITÉ DES POUSSINS PARISIENS !

UNE GRANDE ENQUÊTE DE LILI AU CDI

C'est dingue ! Il y a des millions de livres dans notre CDI, mais rien ou presque sur les poussins et leurs prédateurs. Heureusement qu'il y a Internet et madame Rivole qui m'aident !

Poulailler Gigantix
Modèle Duplex
2724 euros

Après une heure de recherches, ça semble clair : il va falloir investir un max pour protéger les poussins. Madame Rivole est d'accord avec moi, le mieux, le plus solide, c'est le modèle Poulailler Gigantix Duplex avec enclos renforcé. Je sens qu'il y a des gens de l'association des Jardiniers du 7 qui vont dire comme d'habitude que c'est trop cher, par exemple monsieur Gary.

PROVERBE DE MADAME PINSON, QUI N'EST PAS LÀ, MAIS JE SAIS CE QU'ELLE AURAIT DIT :

Quand on aime, on ne compte pas !

Madame Rivole a raison ! Il faudra aussi leur inventer des trucs pour le confort et des trucs pour rappeler le bon air de la campagne. Hyper dommage que madame Rivole n'habite pas notre immeuble !

Sous la lune

Ils ont dit *non* et ils ont dit *oui*.

Ils ont dit :

– *Non !* 2 724 euros, ça ne va pas la tête ? Il est en or massif, ton poulailler ? [Mon père.]

– Où tu veux que l'association aille chercher un budget pareil ? Tu pourras toujours le proposer à la prochaine réunion, mais je connais déjà la réponse. [Ma mère.]

Mais ils ont dit *oui* !

– *Oui*, d'accord, Armand, tu peux dormir sur le toit !

Et les parents des copains aussi (même si on avait cours le lendemain). Ça nous a un peu surpris de ne pas avoir à supplier sur ce coup-là. Avec Lili, en quittant le collège, on avait même préparé des arguments (imparables) pour les convaincre :

Argument 1. Dormir sur le toit, c'est seulement en attendant que vous ayez acheté le nouveau poulailler.

Argument 2. Si un adorable et trop mignon bébé poussin se fait croquer parce que vous ne nous avez pas laissés les protéger, vous aurez toute votre vie sa mort atroce sur la conscience.

Argument 3. Il y a des choses que les enfants n'arrivent jamais à pardonner à leurs parents.

Argument 4. Quand on est traumatisé (par exemple, par le meurtre horrible d'un poussin innocent qu'on aurait pu empêcher mais qu'on n'a pas pu empêcher à cause de ses parents), on déprime et, quand on déprime, on ne dort plus, on ne mange plus et on ne fait plus rien à l'école.

Mais on n'en a pas eu besoin ! Peut-être qu'ils se doutaient de ce qu'on allait dire ou faire s'ils refusaient ? Peut-être que monsieur Rami ou madame Pinson étaient intervenus ? De peur qu'ils changent d'avis, on n'a pas demandé d'explications. Il y avait plus urgent : installer le campement.

D'abord, on a remonté une autre tente de la cave de Lili et pas mal de trucs de notre QG (coussins, tapis, matelas), puis de nos appartements : oreillers, couettes, pyjamas. On a fait beaucoup d'allers et retours, mais ça devenait très confortable.

L'ambiance aussi était sympa. Les poussins semblaient contents de nous voir, Glyphosate restait à distance sous la pergola (on le caressait à tour de rôle), les poules trottinaient. Les habitants du 7 arrivaient et se mettaient à jardiner (nous aussi, un peu, pour montrer qu'ils avaient vraiment bien fait de nous laisser dormir où on voulait).

– Très sympa, votre campement ! a dit Fred, l'étudiant du deuxième étage. Hé ! je retourne chez moi, je dois avoir quelque chose pour vous éclairer quand la nuit tombera…

Il est revenu avec son amoureuse (Chloé) et une longue guirlande pleine d'ampoules en forme de petits Pères Noël. Ils nous ont aidés à l'accrocher d'une tente à l'autre puis jusqu'à la pergola. Ça faisait un peu bizarre, Noël en septembre, mais c'était gentil de sa part.

Monsieur Olivier, mon voisin de palier, s'est même écrié :

– Génial, votre campement ! Les gamins, il ne vous manque qu'un feu de camp !

– Ne va pas leur donner des idées idiotes, toi ! a protesté mon père.

– Oh, si ! s'il vous plaît… un feu de camp, a insisté Violette.

– NON !

Elle a penché la tête et battu des cils à toute vitesse.

– NON ! a répété mon père et je ne sais pas comment il arrive à lui résister parce que moi, je dis oui à tout quand elle fait ça.

– Ça y est ! s'est énervée Lili. On nous prend encore pour des guignols incapables de craquer une allumette sans mettre le feu à tout le quartier !

Mais ça n'a pas fait avancer la négociation.

C'est Charlie qui a réussi à le faire changer d'avis. Avec une mine toute triste, il a ajouté en regardant mon père :

– *Za zert* à rien de lui demander à lui. *Monzieur* Gary, *z'est* pas un *monzieur* qui aime quand les *zenfants zont* contents comme *monzieur* Rami.

– Bon, OK, a bougonné mon père. On mettra quelques bûches dans le barbecue, mais c'est moi qui les allume.

Plus tard, on est redescendus chercher de quoi improviser un dîner et c'est devenu vraiment super. Dans la nuit, on ne voyait plus que les flammes parce que les Pères Noël n'éclairaient pas beaucoup.

J'ai dit :

– C'est claaaasse…

Violette a dit :

– C'est romantiiiique…

Pimpin-Lapin était assis sur les genoux de Charlie, qui était assis sur les genoux de Lili ; la poule de mon père s'était posée sur ses baskets. Fred,

Chloé et monsieur Olivier ont joué de la guitare, on a chanté, on a raconté des blagues et on a rigolé.

J'en ai même noté deux pour un prochain numéro d'*Écolo-Hebdo*.

Top blague de monsieur Rami
(tout le monde a ri) :

✓ Comment tu fais quand tu as deux poussins sur une table pour n'en avoir plus qu'un seul ?

T'en pousses un !

Ma top blague à moi
(mais personne n'a ri sauf Lili) :

✓ Qu'est-ce qui est jaune et qui devient rouge quand on appuie sur un bouton ?

Un poussin dans un mixeur !

Oui, on a passé notre meilleure soirée des Jardiniers du 7 de toute ma vie.

Jusqu'à ce qu'arrive la mère de Violette.

Madame Huynh ne fait pas partie de l'association (elle dit qu'elle n'a pas le temps, qu'elle travaille trop et ce n'est pas faux). Elle venait chercher Violette pour préparer son sac, pour partir chez son père, comme tous les quinze jours. Violette a fermé les yeux deux petites secondes et elle a soupiré.

– Allez, ma chérie ! a insisté madame Huynh. Il passera tôt demain.

Pour empêcher Violette de se lever, j'ai posé ma main sur son bras et j'ai chuchoté :

– Mamaaaaan... *Heeelp* !

D'une voix suppliante. Très suppliante.

Et aussitôt, ma mère a lancé bien fort :

– Oh, madame Huynh ! Venez donc vous asseoir avec nous ! Entre voisins ! Monsieur Rami... si vous n'avez pas bu tout cet excellent cidre rapporté de la ferme, vous servirez bien un verre à notre charmante voisine ?

PINPIN LAPIN
AIM PA LĒ
CIDR
MOZIEU
RAMI
ADOR

Des bruits, des ombres…

– Tu dors ?

– Mmmm…, m'a répondu Oscar.

– Bouge-toi, lève-toi, j'ai entendu un bruit !

Il devait être 1 heure du matin. Le petit Charlie s'était découvert, j'ai remonté son duvet sur ses épaules et, en rampant, Oscar et moi, on a quitté notre tente. Les filles avaient entendu aussi, elles étaient déjà sorties.

Violette a pointé le doigt vers l'autre bout du toit.

– Ça chuchote près de la ruche…

– J'ai repéré des ombres, a murmuré Lili.

Des ombres, il y en avait quatre. Une très grande, une grande, une moyenne et une petite, un peu comme Averell, Jack, William et Joe Dalton.

Sur la pointe des pieds, on s'est faufilés vers les bambous.

– Mais c'est incroyable ! s'est écriée l'une des ombres (Jack). Il y a une ruche ! Moi qui suis allergique aux piqûres d'insectes. Et ça ? Mais qu'est-ce que c'est ?

Le faisceau d'une torche s'est braqué sur le banc de la pergola, plus exactement sur Glyphosate.

– De mieux en mieux ! a grincé la même voix très grinçante. Un chat ! Je déteste les chats et je parie qu'il y en a d'autres !

Les ombres exploraient notre toit, elles sont même entrées dans la cabane où on range le matériel. Il y a eu des *bling* et des *blang*, elles fouillaient partout.

À voix basse, on a fait des hypothèses.

– C'est peut-être des anti-écolos ? a suggéré Violette. Ils viennent détruire notre jardin en cachette ?

– Mais non…, a répondu Oscar. C'est dangereux de s'introduire chez les gens la nuit. Ils n'ont pas pris ce risque pour arracher trois salades, je te le dis !

– Je suis d'accord, ai-je dit, ils préparent un très sale coup, je le sens.

– Oui ! a renchéri Lili. Un crime ou un truc du genre. Et on ne les voit pas, mais je suis sûre que c'est pas le genre à laisser des témoins vivants !

– Hiiiii…, a gémi Violette.

Soudain, les ombres sont ressorties de la cabane, elles approchaient dangereusement du campement.

Oscar a attrapé une pelle, j'ai pris une binette, Lili un râteau et Violette un tuyau.

– Faut les contourner…, a murmuré Oscar. On se sépare. Nous, à droite ; les filles, à gauche…

C'est là que j'ai vu la plus grande des ombres tendre le bras vers la fermeture Éclair de la tente où dormait Charlie et j'ai levé ma binette. Bien sûr, je n'avais pas l'intention de leur fracasser le crâne, mais de leur ficher la trouille de leur vie, ça, oui !

– Mais ils campent sur le toit ! Qu'est-ce que c'est que cette anarchie ? a dit l'ombre qui parlait tout le temps. C'est clairement interdit dans le règlement de l'immeuble ! Pas d'animaux ! Pas de constructions sur le toit-terrasse ! Il est hors de question de tolérer un pareil bazar !

– Les locataires…, a murmuré Oscar. Armand, c'est… les nouveaux locataires…

Avec tout ce qui nous était arrivé depuis l'annonce de leur arrivée, j'avoue que je les avais complètement oubliés ! Heureusement, j'ai lâché ma binette et Oscar a laissé tomber sa pelle.

Le problème, c'est que Violette et Lili étaient trop loin pour les entendre, elles n'ont pas pu deviner qui c'était.

Ziiip a fait la fermeture Éclair, *schlac* a fait le râteau de Lili en fendant l'air juste avant que Violette déclenche le tuyau.

SCANDALE SUR LE TOIT DU 7 !

D'ARMAND GARY, NOTRE ENVOYÉ SPÉCIAL PUNI DANS SA CHAMBRE

Peut-être que si la nouvelle locataire n'avait pas pris le râteau de Lili pile dans les fesses, ça aurait moins dégénéré. Peut-être que si toute la famille n'avait pas été trempée des pieds à la tête, on aurait pu les calmer. Là, ils se sont mis à brailler façon sirène de pompiers et ça n'a pas loupé : tout l'immeuble est remonté sur le toit.

COMMENT VOUS VOULIEZ QU'ON DEVINE QUE C'ÉTAIENT PAS DES CRIMINELS ?

Pendant quelques minutes, ça a été la panique totale. « J'ai eu tellement peur qu'il vous soit arrivé malheur ! a crié madame Parsis en serrant Charlie. C'était atroce, j'ai entendu crier comme un cochon qu'on égorge ! » « Le cochon vous remercie ! » s'est énervée madame Dupin, la nouvelle locataire.

Ma mère m'a embrassé dix fois et mon père trois. Mais ils ont commencé à poser des questions et ils ont eu des réponses et ils ont été tout de suite moins sympas avec nous.

« Regardez-les ! Comment vous vouliez qu'on devine que c'étaient pas des criminels ? Ils étaient louches et ils allaient attaquer Charlie ! » a crié Lili.

Madame Huynh a aussitôt emmené Violette. On voulait négocier pour qu'elle reste ce week-end, mais on a vite vu que ce n'était pas la peine. Violette quittait déjà le toit quand je lui ai lancé : « T'inquiète ! On t'enverra *Écolo-Hebdo* pour te raconter la suite ! » Mais ça a fini d'énerver mon père. Il m'a attrapé par le pyjama et il m'a dit : « Viens par là, toi ! Moi, je vais te la raconter, la suite ! »

SUITE EN PAGE 2

DERNIÈRE NOUVELLE : OSCAR, ARMAND ET LILI ARRÊTÉS COMME DES DÉLINQUANTS ET JETÉS EN CELLULES !

D'ARMAND GARY, TOUJOURS RETENU DE FORCE DANS SA CHAMBRE

On remercie Charlie ! C'est le seul à pouvoir encore circuler librement dans l'immeuble. Grâce à lui, les journalistes d'Écolo-Hebdo peuvent encore communiquer ! Ils nous ont confisqué nos portables, mais c'était sans compter sur le génie de Charlie, qui a trouvé les talkies-walkies au QG !

OÙ EST LA JUSTICE ?

Monsieur le juge Thomas Gary a hurlé : « On vous demande de vous excuser ! »

« Jamais ! Ils n'avaient qu'à pas monter en douce ! » a répliqué l'accusée Lili.

Bien énervés par les ricanements des enfants Dupin, les autres journalistes n'ont pas voulu s'excuser non plus.

« Attendez, a crié l'accusé Oscar. Faut se méfier d'eux ! Ils veulent faire partir tous nos animaux ! » Mais le juge Thomas Gary a refusé aussi d'écouter son témoignage.

Il a encore crié puisqu'il ne sait faire que ça : « Pas d'excuses, c'est direct la case prison ! Filez dans vos chambres jusqu'à nouvel ordre ! »

Seule madame Pinson, inquiète pour nos poules et Glyphosate, a demandé des explications à madame Dupin, qui n'a même pas répondu.

Pas d'avocat au 7 rue des Écolos, pas d'enquête et des condamnations directes, ça s'appelle une « dictature » !

PROVERBE ÉNERVÉ DE MADAME PINSON,
QUI A CRIÉ À MADAME DUPIN EN QUITTANT LE TOIT :

Qui sème l'injustice récolte l'adversité !

Au pain sec et à l'eau

– Oscar… *criiiiiiii*… Tu me reçois ?

– *Crrrrriiiii*… Bof !

Je ne sais pas si c'était un problème de piles ou parce qu'on ne s'en servait pas beaucoup, mais la transmission n'était pas terrible. Depuis qu'on avait des portables, on ne passait plus des heures à s'appeler de nos chambres avec les talkies-walkies comme quand on était petits.

– *Crrrriiiii*… J'ai fait deux pages pour le nouveau *Écolo-Hebdo. Criiiiii*… Et toi ? Tu en es où ?

– J'ai fini un super jeu, m'a répondu Oscar. Je t'envoie Charlie pour que tu le recopies ! *Criiii*…

On a aussi un paquet pour toi de madame Pinson. Il paraît… *crrriii*… que ton père n'a pas voulu la… *crrriiii*… laisser entrer.

– *Criiiii*… Super ! Mais envoie d'abord Charlie chez Lili, elle a dû écrire aussi !

– OK… *Crrriiii*… Reçu presque 5 sur 5 ! Ça y est, il est parti !

– Que ça soit bien clair, mon fils, tant que tu ne t'excuseras pas, tu ne sortiras pas !

Mon père est buté et c'est pénible. De temps en temps, il venait dans ma chambre voir si j'avais changé d'avis, comme si c'était mon genre ! Bien sûr, je répondais que non, alors il claquait la porte et mettait un tour de clef.

Oui, c'est bien ce que j'ai dit : un *tour de clef.* Il y a un an, j'avais réclamé une serrure (convaincu par Lili, qui disait qu'on avait droit à notre intimité). Maintenant, je sais que ce n'était pas l'idée du siècle, et que ce n'était pas l'idée du siècle non plus de lui avoir crié : « Ben, vas-y, Papa ! Va au bout de ton truc, enferme-moi à clef si t'es cap' ! »

Mais je n'étais pas si mal que ça. Avec les copains, on est toujours tellement occupés qu'on ne profite pas beaucoup de nos chambres. Bien calé sur les oreillers, j'avais installé autour de moi sur ma couette tout ce qu'il me fallait pour faire un chouette numéro d'*Écolo-Hebdo* à envoyer à Violette. J'étais bien, mais je me relevais souvent. Pas question de faciliter le travail aux parents, pas question d'être un prisonnier docile.

J'étais incarcéré depuis 1 heure du matin, il était midi à ma montre, je suis allé tambouriner à ma porte.

Blam ! *Blam* ! *Blam* !

– Gardien ! J'ai soif ! Gardien ! J'ai faim !

– Tu as de l'eau et du pain, tu ne veux pas non plus un hamburger et des frites ? Ketchup ou mayo ? s'est cru obligé d'ironiser mon père.

Et ce n'était pas drôle du tout vu que ça fait des mois qu'on nous a interdit les fast-foods. À cause des emballages jetables, à cause de la surproduction de viande de vaches (qui pètent du méthane). Et même que, parfois, je rêve que je trempe des frites dans le ketchup.

En fait, je suis retourné tambouriner assez souvent.

Blam ! *Blam* ! *Blam* !

– Je veux un avocaaaat ! Je peux porter plainte pour séquestration !

Ce coup-là, ils devaient être juste derrière la porte à m'espionner parce que j'ai entendu mon père chuchoter « Oh, je vais le… » et ma mère l'interrompre : « Chuuut… il te provoque ! »

Blam ! *Blam* !

– Gardien ! C'est la loi ! J'ai droit à un coup de téléphone !

Oui, je sais, c'est fou ce qu'on apprend en regardant les séries policières.

Ils ne répondaient jamais, mais quand j'ai crié :

– Gardien ! Je vais saisir la Cour européenne des droits de l'homme !

La porte s'est enfin ouverte et… Charlie est entré.

– *Z'a zert* à rien que tu cries, Armand, a-t-il dit. J'ai *zurveillé*, y *zont* partis faire des *courzes*.

Formidable agent de liaison, Charlie avait tout : les brouillons d'Oscar et Lili pour *Écolo-Hebdo*, ses dessins à lui et un gros paquet de la part de madame Pinson.

– Alors comment es-tu entré ?

Charlie a brandi une clef et répondu fièrement :

– *Z'ai* pris la clef de *zecours* chez la gardienne ! Ma maman, elle perd tout le temps *zes* clefs. Alors, Pimpin-Lapin et moi, on *zait* que madame Lelièvre a des doubles dans *zon* grand tiroir !

Et aussitôt, j'ai offert au petit Charlie les deux plus belles voitures de ma collection parce que le courage, ça s'encourage si on veut avoir un jour des hommes courageux sur cette planète.

J'ai raccompagné Charlie sur le palier et, avant de retourner dans ma chambre, j'ai fait une halte devant le frigo. Je ne pouvais pas savoir que madame Pinson m'avait préparé de quoi tenir un siège.

Porte claquée (clef à l'extérieur), j'ai grimpé sur ma couette et j'ai déballé son paquet.

ÉCOLO-HEBDO N° 4

PAGE 1

RUE DES ÉCOLOS, LA RÉSISTANCE S'ORGANISE !

D'ARMAND GARY, TOUJOURS SUR SA COUETTE

Un jour, on sera libres et on fêtera ça avec NOS VRAIS AMIS. Et on n'oubliera pas qui nous a soutenus ou pas !

LA MÉDAILLE D'HONNEUR SERA ATTRIBUÉE À MADAME PINSON

Chère Violette, chère lectrice, tu n'imagines pas son paquet !

Saucisson, pâtés, pommes de notre pommier, tablette de chocolat, fromage de chèvre, yaourts maison, confiture de fraises, il était génialissime ! Et le mot qui l'accompagnait encore mieux.

> Tiens bon, mon petit Armand.
> Je te renverrai Charlie avec le goûter (gâteau breton). Ne t'inquiète pas pour les animaux et le jardin, j'enquête avec Odette (pas la poule, la gardienne) ! On vérifie si les nouveaux locataires peuvent nous faire des ennuis.
> Mille bises
> Madame Pinson

PETIT MAIS COURAGEUX ! DEUX MÉDAILLES POUR CHARLIE !

Sans l'extraordinaire bravoure du petit Charlie, on n'aurait jamais réussi à faire ce nouveau numéro d'*Écolo-Hebdo* ! Avec son fidèle Pimpin-Lapin, il monte et descend sans cesse pour nous aider. Aucun des parents n'a réussi à l'intercepter ! Médaille du Courage et médaille de la Débrouille pour Charlie Parsis, qu'on se le dise !

SUITE EN PAGE 2

VAINCRE OU MOURIR !

UN ARTICLE DE LILI VÉTEL, DÉTENUE AU 5E ÉTAGE

C'est à notre âge qu'il faut apprendre à se battre contre l'injustice ! Quand on sera mous et vieux, il sera trop tard et on sera devenus des vraies carpettes comme plein de gens que je connais dans cet immeuble !

Ma mère n'arrête pas de rouspéter. J'ai fini par lui dire qu'il y a bien plus grave dans la vie qu'arroser des intrus. Par exemple, ceux qui nous ont pollué notre planète, ils s'excusent, eux ? Genre : « Désolés, les enfants, on vous a tout saccagé, mais on le fera plus ! »

DESSIN DE CHARLIE PARSIS

JE M'EXCUSERAI QUAND ILS S'EXCUSERONT !

Ma mère a répondu que je fais des « amalgames » (ça veut dire que je mélange tout), mais je fais des amalgames si je veux !

LE GRAND JEU D'OSCAR LIBÉREZ NOS HÉROS !

SUITE EN PAGE 3

TOUTES LES OMBRES IDENTIFIÉES!

D'ARMAND GARY, QUI COMMENCE À EN AVOIR MARRE D'ÊTRE DANS SA CHAMBRE

Même en captivité, nos journalistes continuent d'enquêter. C'est bien connu qu'il faut TOUT savoir sur l'ennemi. Et comme m'a chuchoté Lili pendant que mon père me tirait par les bras pour me faire redescendre du toit: « Ces quatre-là, je ne les sens pas ! »

François Dupin, nouveau locataire de l'appart' du quatrième étage, porte gauche.

Gabriel Dupin, fils de François et Armelle Dupin, âgé d'au moins 13 ans, peut-être même 14 !

La fille Dupin, environ 8 ans. Prénom inconnu, mais sa mère l'a appelée « Juju ».

Armelle Dupin, de très loin la plus dangereuse de la bande. C'est elle qui, cette nuit, parlait tout le temps !

Son mari n'a rien dit ou presque (sauf quand Violette a déclenché le jet d'eau).
Armelle Dupin serait dentiste (info de madame Lelièvre) et comme dit Charlie: « Oh, z'est vrai, za... Un dentizte, z'a zinzpire pas confianze ! »

C'est tout ce qu'on sait. Chère Violette, chère lectrice, si tu peux trouver des trucs sur eux sur Internet, ça nous arrangerait. Nous, on n'a plus Internet, plus de portables, plus rien !

Tout est fichu

– *Crrrrriiii…*

– Salut, Oscar ! *Crrriii…* Ça va ?

C'était sympa qu'il m'appelle. Il devait être 15 heures, j'avais fini notre nouveau *Écolo-Hebdo* (il était même dans une enveloppe timbrée, prêt à être posté pour Violette) et je commençais à m'ennuyer.

– *Crrriii…* Ce n'est pas Oscar, Armand… c'est… *crrriii…* madame Pinson ! Les nouvelles sont mauvaises, il faut… *crrriii…* qu'on se parle ! Débrouille-toi, mais monte au QG !

Mes parents étaient rentrés, j'ai tambouriné, j'ai crié, j'ai dit que je voulais présenter des tas d'excuses aux nouveaux locataires, j'ai dit que j'allais même leur écrire dans une lettre super archi polie, et j'ai dit que je voulais aller d'urgence aux toilettes (c'est ça qui a marché).

Dès qu'ils ont ouvert, j'ai foncé.

– Armaaaand ! Reviens !

– Je vais faire la lettre avec les copains, on est tous concernés !

Mais j'étais déjà dans les escaliers, la fin de ma phrase, je ne suis pas sûr qu'ils l'aient entendue.

En entrant au QG, j'ai eu un *frisson du bas du dos jusque dans la nuque.* On lit souvent ça dans les livres qui font peur, par exemple quand le héros découvre que sa grand-mère est maléfique comme dans *Dernières vacances chez Mamy*, un roman que je n'ai pas trop aimé. Mais moi, à cette minute-là, franchissant la porte du QG, mon *frisson jusque dans la nuque*, c'était vrai.

J'ai vu Lili, Charlie, Oscar, Glyphosate et madame Pinson entassés sur notre canapé à fleurs et je ne sais pas lequel avait l'air le plus effondré.

– Notre jardin, les poussins… tout est fichu, a commencé Lili.

– Même pour Glyphosate, a dit Oscar en le caressant doucement.

Madame Pinson a hoché tristement la tête et tapoté le document qui était posé sur ses genoux.

– C'est le règlement de l'immeuble, m'a expliqué Oscar, madame Dupin nous l'a imprimé.

– Ben, dites-moi ce qu'il dit !

Ils n'ont pas pu, ils n'ont pas eu le courage, ils me l'ont donné. Madame Pinson nous l'avait déjà traduit. Elle avait souligné les pires passages et c'était à pleurer.

RÈGLEMENT INTÉRIEUR, IMMEUBLE SIS 7 RUE DES ÉCOLOS

I. UTILISATION DES PARTIES PRIVATIVES ET DES PARTIES COMMUNES

Les appartements

Le toit-terrasse

a. ANIMAUX. Seuls les animaux domestiques sont tolérés dans l'immeuble.
Dans les parties communes, chats et chiens devront être tenus en laisse.
Dans les parties privatives, seuls les animaux domestiques sont autorisés, à l'exception des animaux malodorants, dangereux et bruyants.

Plus de poules, plus de ruche, plus de poissons ! On ne peut garder que Glyphosate !

Et encore, s'il arrête de griffer et de miauler !

b. BRUITS. Les habitants veilleront à ce que la tranquillité de l'immeuble ne soit à aucun moment troublée par leur fait, notamment entre 21 heures et 7 heures. L'usage de postes de radio, d'instruments de musique ou autres est interdit dans les parties communes.

Plus aucune fête sur le toit !

c. TOIT-TERRASSE. En ce qui concerne la jouissance du toit-terrasse, les habitants ne pourront y faire usage d'appareils de cuisson d'aliments. ← *Terminé les barbecues !*
Comme objets, seules les jardinières de fleurs et/ou de plantes vertes ainsi que les meubles de jardin sont tolérés. ← *Plus de potager !*
Aucune construction n'est autorisée (abri de jardin, pergola, piscine). ← *Il faut tout démonter !*
La végétation n'excédera pas une hauteur d'un mètre quatre-vingts. ← *Et ratiboiser les bambous !*

Je ne sais pas combien de temps on est restés sans parler. Et quand on a recommencé à parler, c'était avec des voix étranglées.

Charlie. – Plus de *zardin*, alors ?

Oscar. – Je pense que non, mon Charlie.

Lili. – Mais je croyais que l'association des Jardiniers du 7 avait demandé des autorisations ?

Madame Pinson. – À la mairie, oui, pour la pergola. Mais on a oublié de faire modifier le règlement de l'immeuble… On n'y a pas pensé parce qu'on était tous d'accord…

Moi. – Mais c'est pas possible ! Dites-moi qu'il y a un truc à faire pour empêcher ça !

On a cherché, on n'a pas trouvé. Madame Pinson répétait sans cesse : « Le règlement, c'est le règlement, mes petits. » Elle a même dit : « Les nouveaux locataires pourront le faire appliquer quand ils voudront et, d'après madame Lelièvre, ça ne va pas traîner, je suis désolée… »

Elle s'est levée (sans doute pour partir) et elle a ajouté :

– *Dura lex sed lex*, mes enfants ! C'est du latin. Cela veut dire que si la loi est dure, c'est tout de même la loi et il n'y a rien à faire…

Je crois que c'est le latin qui nous a énervés. D'un coup, on n'a plus été abattus du tout.

– Ah bon ? s'est exclamée Lili. Parce que c'est normal d'interdire aux gens de construire une pergola ou de faire pousser des carottes ? C'est dingue, ça ! Il y a des lois pour contrôler la hauteur des bambous, mais pas une seule contre le glyphosate et tous les polluants !

– Miaou ? a fait Glyphosate, assez étonné, mais ce n'est pas de lui qu'on parlait.

– Bien dit, Lili ! ai-je dit aussi. C'est terminé de se laisser faire ! Si leurs lois, elles sont nulles, ils n'ont qu'à en faire d'autres !

– Oui ! On va défendre nos droits et notre planète et on va commencer par notre jardin ! a crié Oscar. S'ils veulent nous le prendre, les Dupin, je leur conseille de ramener l'armée et le GIGN !

– Et la *polize auzi* ! a renchéri Charlie.

On aurait fait aussitôt un super plan de bataille sur notre tapis Winnie l'Ourson si madame Pinson n'avait pas reçu un SMS affolé de monsieur Rami.

Pitié, au secours, aidez-moi ! Montez, je n'en peux plus !

Tenez bon, Victor, on arrive !

On l'a rejoint tout de suite sur le toit. Monsieur Rami courait et criait : « Non, nooon ! Pas dans le compost ! » Dès qu'il nous a vus, il est venu s'écrouler sur le banc. Charlie s'est assis à côté de lui et lui a prêté son Pimpin-Lapin.

– Merci, Charlie. Pfff… À votre tour, les gamins…, a-t-il dit en ébouriffant les cheveux déjà ébouriffés de Charlie. Ah, je commence à comprendre qu'on élève les poules dans des hangars bien fermés. Les gérer en plein air, ce n'est pas humain pour les humains.

C'était de l'humour, bien sûr, mais on ne l'a pas vu. Comme je l'ai déjà dit, on était énervés.

– Ça ne va pas la tête de dire des trucs pareils, monsieur Rami ? s'est exclamée Lili. Y a rien de pire que les élevages industriels ! Et vous savez ce qu'ils font aux poussins quand c'est des garçons ?

– Moi, *ze zais* pas, a répondu Charlie, inquiet.

– Ils les écrasent ! ai-je dit. Parce qu'ils ne veulent pas de coqs, mais que des poules pondeuses !

Nos poules ont dû comprendre qu'on parlait d'elles parce qu'elles se sont approchées.

– Hé ! Je plaisantais ! Vous savez bien que je suis complètement contre ce qu'on fait aux animaux dans l'industrie ! s'est écrié monsieur Rami, mais Charlie a repris Pimpin-Lapin.

– Ils les *zécrasent* ?

– Arrêtez ! Vous allez le traumatiser, a protesté madame Pinson. Ces pratiques seront un jour interdites, mon petit Charlie. Il y aura bientôt une loi, enfin, j'espère…

– Encore des lois ! Ah, bravo ! a fait Oscar. Parce qu'il faut une loi pour que les gens se disent que ce n'est pas cool de broyer les poussins ?

– *Ze* vais un peu vomir…

– TAISEZ-VOUS ! s'est exclamée madame Pinson. On en parle quand vous voulez, mais pas devant le petit.

– OK, je résume ! a presque crié Lili, qui n'arrête pas souvent de parler quand on lui dit de se taire. Il y a des lois pour interdire de jouer de la guitare, mais pas une seule contre le massacre des poussins ! Si ça, ce n'est pas la preuve que les enfants doivent prendre le pouvoir et changer tout ça !

– Je plai-san-tais, a répété monsieur Rami, après un soupir.

– Eh ben, ce n'est pas drôle !

Si Charlie ne s'était pas mis à pleurer, si on ne l'avait pas tous entouré, je pense qu'on aurait notre première des premières disputes avec monsieur Rami, et madame Pinson aussi.

FAUX NUMÉRO D'ÉCOLO-HEBDO

ATTENTION VIOLETTE ! ALERTE ! CECI EST UN FAUX NUMÉRO D'ÉCOLO-HEBDO !!!

C'est juste pour consoler Charlie. Parce qu'on a été nuls, on n'a pas fait gaffe qu'il était petit et on lui a raconté pour les élevages de poussins qui se font écraser. Du coup, il nous dicte et il décide ce qu'on dessine. Il nous fait même des brouillons. On dirait que ça lui remonte le moral.

Regarde ce qu'il a choisi comme titre...

POULAILLER DE CHARLIE POUR QUE LES MÉCHANTS ÉCRASENT PAS LES POUSSINS

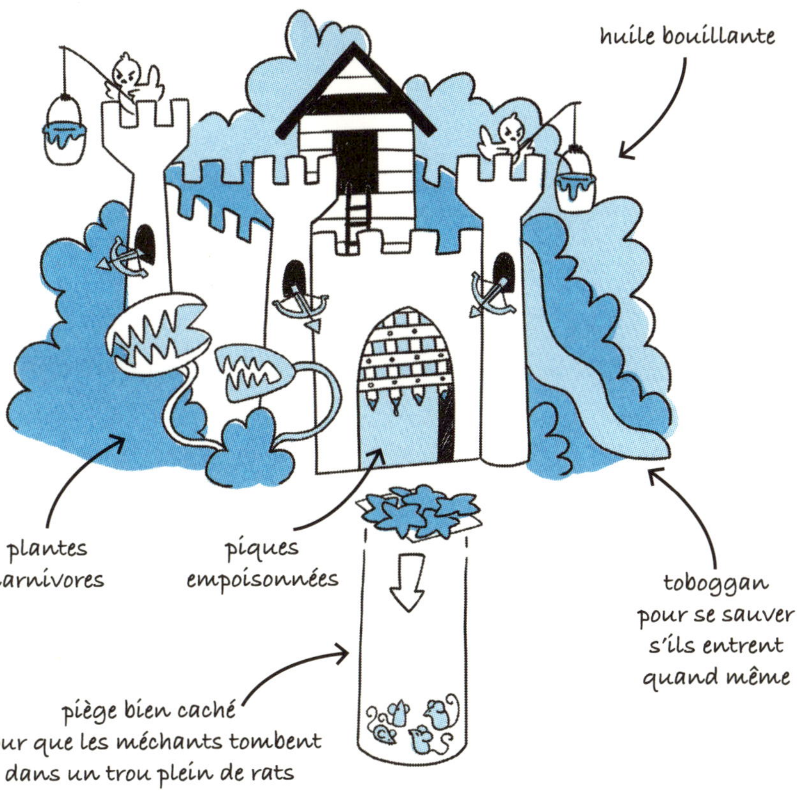

Voilà, Violette. Charlie va mieux, nous, pas trop.
Madame Pinson part à la poste. Elle t'embrasse et moi aussi.

Gabrieeeeel!

Après ça, les copains n'ont pas eu envie de traîner au QG, ni d'aller sur le toit, ni de goûter chez madame Pinson ; d'ailleurs, elle ne l'a pas proposé. Ils sont tous partis ; moi, j'ai ramassé mes feuilles et mes crayons. Bref, je descendais quand j'ai vu Gabriel Dupin dans l'escalier. Bien collé au mur pour être invisible de l'étage du dessous, assis sur les marches, il jouait avec son portable (ou il envoyait des SMS, je ne sais pas trop).

Il ne m'a pas vraiment salué, il a fait un mouvement de tête.

J'ai jeté un œil à son étage. Leur porte était grande ouverte et ses parents s'agitaient. Pendant que j'étais prisonnier, ils avaient dû se faire livrer leurs meubles et leurs cartons. Soudain, Gabriel Dupin m'a attrapé la cheville et, sans quitter des yeux son portable, il a dit :

– Si on me demande, tu m'as pas vu…

De toute façon, je n'avais pas prévu d'entrer dans leur appart' pour demander s'ils avaient besoin d'aide ! J'ai juste répondu :

– Oui, oui, t'inquiète.

Mais pile là, madame Dupin a jailli sur le palier.

– Où il est encore passé, celui-là ? a-t-elle crié. Dès qu'il y a quelque chose à faire, faut qu'il disparaisse ! Un partisan du moindre effort ! Un zombie des écrans !

Elle s'est appuyée sur la rambarde et s'est penchée vers la cage d'escaliers.

– Gabrieeeel ! Gabrieeeel !

J'ai pensé que *la tranquillité de l'immeuble sis 7 rue des Écolos* était un peu *troublée par son fait*, mais j'ai rien dit, je sentais la main de Gabriel Dupin serrer ma cheville et *hop* ! elle s'est retournée.

– Qu'est-ce que tu fais là, toi ?

Je n'ai pas répondu non plus que, n'étant ni un chat ni un chien, le règlement de l'immeuble m'autorisait encore à me promener *sans laisse dans les parties communes.* J'ai plutôt lâché discrètement quelques feuilles sur les marches, juste pour dire :

– Rien, rien… J'ai fait tomber des trucs, je les ramasse.

Et, sans trop savoir pourquoi, je me suis déplacé pour lui cacher son fils. Elle a levé les yeux au ciel et elle est rentrée chez elle. Mais Gabriel Dupin ne m'a pas remercié, il a éclaté de rire ! Il venait de mettre la main sur un brouillon de Charlie…

– C'est qui le dessinateur ? Le petit blond avec le lapin ? a demandé Gabriel Dupin.

J'ai hoché la tête.

– Quel talent ! Il a saisi tout de suite le personnage, a rigolé Gabriel.

– Désolé, mais ta mère s'en prend à nos animaux alors…

– C'est pas ma mère ! s'est exclamé Gabriel Dupin. J'te connais pas et j'ai pas à te raconter notre vie alors je te la fais courte. T'as déjà vu *Cendrillon* ? Eh bien, la belle-mère hystérique, c'est elle, et ceux qui en bavent, c'est nous. Surtout Julie, d'ailleurs.

Il m'a rendu le dessin et j'ai commencé à redescendre. Madame Dupin avait refermé la porte, mais j'ai entendu quand même :

– Jujuuuu ! Y a écrit « Chambre 2 » sur le carton, on peut savoir pourquoi tu le mets dans la salle de bains ? C'est triste de ne pas savoir lire à ton âge ! Si ! je dis Juju ! parce que je t'appelle comme je veux !

J'étais choqué, je suis vite remonté voir Gabriel. Il avait tranquillement repris son portable. En fait, il jouait (il dégommait des extraterrestres).

– Tu l'as entendue ? m'a-t-il dit.

– Bien obligé…

– T'inquiète. Elle aboie plus qu'elle ne mord, a-t-il expliqué, mais c'est vrai qu'elle aboie fort. Elle crie encore plus après ma sœur parce qu'elle ne se laisse pas faire.

Et c'est à ce moment-là que j'ai décidé, fichu pour fichu, de tenter un super truc. J'allais tout risquer pour une chance infime d'avoir des alliés dans le camp ennemi.

– Suis-moi.

– Où on va ?

– Suis-moi… et envoie un SMS à ta sœur, dis-lui de nous rejoindre au dernier étage.

Et, au sixième, on a attendu Julie dans le couloir sombre parce que c'est soûlant d'appuyer sans cesse sur l'interrupteur. On ne parlait pas, Gabriel avait l'air étonné, mais il ne s'impatientait pas. Moi, je réfléchissais à ce que me ferait Lili quand elle saurait que j'avais fait ce que je m'apprêtais à faire. Je pensais à Violette, à Oscar et à Charlie, et je me demandais s'ils me le pardonneraient un jour. J'allais commettre le sacrilège suprême : faire entrer dans notre QG Julie et Gabriel Dupin !

– Wahou !

– La vache !

Forcément, avec tout ce que nous a donné madame Pinson et nos mille tours aux encombrants, le QG impressionne.

– Wahou ! a répété la petite. Il y a même un frigo !

– Débranché… un frigo dé-bran-ché. C'est rapport à l'écologie, je t'expliquerai, Julie.

– Vous venez là souvent ? a demandé Gabriel, les yeux brillants.

– Ouaip ! C'est notre refuge ! Et un refuge, j'ai l'impression qu'on n'est pas les seuls à en avoir besoin. Tiens… Mais soyez très, très, très discrets.

Et je lui ai donné ma clef. Oui. Ma clef à moi, avec le super porte-clefs Star Wars Lego, un cadeau de Violette.

Et, pour de bon, je suis redescendu.

Mon père, ce héros

Je reconnais que ça m'arrive de temps en temps de critiquer mon père, mais là, il a été génial, incroyable et même étonnant. Parti depuis des heures sans explications, je ne m'attendais pas à être reçu comme un Prince qui rentre chez lui après la guerre de Cent Ans, alors j'ai dit assez vite :

– S'il vous plaît, rouspétez pas, mais pour la lettre d'excuses, ça ne va pas être possible... Les copains ont...

Mon père ne m'a même pas écouté, il m'a interrompu :

– Madame Lelièvre est venue nous parler, Armand ! Tu ne vas pas croire ce que les nouveaux locataires ont osé faire !

Je le savais, mais je l'ai laissé raconter. Juste derrière lui, ma mère faisait des signes pour me dire *Patience, Armand, laisse-le finir, il est trop énervé.*

– Y a des gens comme ça qui ne pensent qu'à détruire ! a crié mon père. En l'honneur de quoi ils nous imposent de tout changer alors qu'ils viennent d'arriver ? Tu vois, Armand, je m'en veux de t'avoir puni !

Et c'était chouette.

– Vous avez été bien plus malins que nous. Vous, vous avez senti le danger ! Vous avez senti la mesquinerie de ces gens !

Très, très chouette.

– Ce n'est pas avec un râteau qu'il fallait lui frapper le derrière à cette folledingue, c'est à coups de brouette !

– Thomaaas…, a protesté ma mère puis elle m'a souri gentiment.

Je n'aime pas trop ce sourire, moitié sourire, moitié grimace, celui qu'elle prend toujours pour m'annoncer doucement les mauvaises nouvelles.

– On a appelé partout, m'a-t-elle expliqué, on a regardé sur Internet, j'ai même contacté mon cousin avocat. Si les Dupin veulent faire appliquer le règlement, on n'aura aucun recours possible.

Elle s'est assise, je me suis assis aussi. Pas loin de mon père, qui venait de s'effondrer sur le canapé. En fait, tout près.

– Qu'est-ce que c'est que ça ? a-t-il demandé (après un assez long silence) en regardant les feuilles que je tenais toujours.

– Oh, ça ? Les brouillons de Charlie pour *Écolo-Hebdo*. Il pleurait alors on lui a laissé faire deux pages où il pouvait dire tout ce qu'il voulait.

– Fais voir… C'est quoi, ça ?

– Un poulailler géant, 2 mètres par 3. Il a dit que si on construisait ça, les Dupin ne pourraient jamais le démonter. Là, il mettrait deux tours pour protéger l'entrée. Et tu vois ces deux petits seaux ?

– Oui…, a répondu mon père en se redressant.

– Ça balance de l'huile bouillante !

Ma mère n'a pas pu s'empêcher de rire.

– Pauvre petit Charlie, a-t-elle dit, il doit être bien triste pour imaginer toutes ces défenses. Mais j'espère que vous ne lui avez pas donné de faux espoirs. Il ne faudrait pas qu'il croie que c'est réalisable et que ça les empêcherait de nous priver de notre jardin sur le toit…

Mon père s'est levé d'un bond.

– Eh ben, voilà ! Bravo ! a-t-il explosé. Ce minuscule gamin veut se battre pour nos poules pendant qu'on reste les bras croisés, et il faudrait lui dire que c'est perdu d'avance ! Bravooo ! Belle façon d'éduquer les jeunes ! Faut savoir, faut choisir… Soit on forme des citoyens, soit on forme des paillassons !

J'ai cru que ma mère allait se rebiffer, mais non. Je pense qu'elle préférait le voir en colère que déprimé.

Mon père a aussitôt sorti mon téléphone de sa poche, il me l'a rendu et il a pris le sien.

– On appelle tout le monde, Armand ! Et on ira cogner aux portes si ça ne suffit pas ! Qu'ils se débrouillent, dans une heure, réunion des Jardiniers du 7, je veux tout le monde sur le toit !

– Mamaaaaan ?

Elle a souri et hoché la tête.

– D'accord, je m'en occupe.

Elle savait bien qu'elle était la seule à pouvoir faire revenir Violette, la seule à pouvoir convaincre madame Huynh, notre voisine.

Assez vite, regroupés près du carré de carottes, il y a eu Oscar, Charlie, monsieur et madame Parsis, madame Lelièvre, ma mère et moi. Lili avait mis tous les poussins dans un panier, Charlie avait enfoui Pimpin-Lapin dans sa poche pour porter Josette. Et pour qu'elles ne soient pas jalouses, moi, j'ai pris Odette, et Oscar la poule de Barbarie (qui n'a toujours pas de nom parce qu'on n'a vraiment pas eu le temps d'y réfléchir). On peut presque dire que Glyphosate était là aussi, même si ce n'était pas pour assister à la réunion qu'il s'était glissé sous le banc, très près du panier.

On attendait.

Les Rami nous ont rejoints, puis la mère de Lili, les étudiants du premier étage et même les trois grandes sœurs d'Oscar et Charlie, qu'on ne voit jamais sauf quand il y a du soleil et des chaises longues vides.

Et on a encore attendu.

Tout le monde restait planté, sans trop parler, sans trop bouger.

– Tu as eu la mère de Violette ? ai-je demandé à la mienne.

– Elle essaie…

Et pile à ce moment-là, il y a eu un énorme bruit. Un bruit de trucs (pas légers) qui tombent dans les escaliers, et aussi quelques gros mots que je ne vais pas répéter.

– Vous venez nous aider, ouiiiii ? a crié mon père.

Lili, Oscar et moi, on a foncé.

Des planches, des tas de bouts de bois, des sacs de ciment (je pense), des gros outils que je n'avais jamais vus, un grand rouleau de grillage, des tuiles dont beaucoup étaient cassées sur les marches. On a relevé monsieur Olivier, coincé sous les planches.

– J'avais dit que, pour une fois, on pouvait prendre l'ascenseur…, a-t-il grogné.

– Madame Lelièvre ne veut pas qu'on le salisse ! a répondu mon père.

– Parce que là, tu trouves que c'est propre ?

Je pense que tout ce blanc venait du sac de plâtre percé que monsieur Olivier tenait contre lui comme un oreiller. Bref, on a fait plein d'allers et retours, et on a tout mis en tas près de la pergola avant de retourner près des carottes.

Et on a attendu.

Je n'avais rien expliqué aux copains parce que j'avais encore un doute sur ce que préparait mon père. J'avais juste dit qu'il était parti chercher du matériel et qu'on était convoqués, et c'est tout. Mais les Jardiniers du 7 avaient déjà compris qu'il allait se passer quelque chose de très important.

Mon père a nettoyé ses lunettes, il a frotté un peu ses vêtements (mais ça ne les a pas débarrassés du plâtre) et, d'un coup, il est monté sur la table de la pergola.

Une main sur le cœur, droit comme un i, il m'a fait penser aux candidats aux élections quand il s'est exclamé :

– Mes amis ! Mes chers Jardiniers du 7 ! Nous avons, ensemble, vécu beaucoup de choses depuis la création de notre toit-jardin ! Les semis, les récoltes ont rythmé nos vies. Nous avons survécu aux gelées, aux disputes, aux insectes. Nous avons su convaincre même monsieur Rami qu'il était plus que temps pour notre planète de passer au bio !

– Ah ça, oui ! a crié monsieur Rami.

– Nous avons partagé les bons et les mauvais moments. Notre jardin a résisté à une tempête et même à Glyphosate, mais plus important que tout… notre potager est la preuve en salades et en radis de notre amitié !

Il y a eu un tonnerre d'applaudissements.

– Bravooo ! a lancé madame Pinson, qui l'aurait élu à la seconde.

– Et il faudrait que tout disparaisse pour trois lignes idiotes dans un règlement que personne n'a jamais lu ? a repris mon père.

– Non ! Non ! a scandé Lili.

– Amenez Charlie sur la table !

Charlie m'a regardé, un peu inquiet, en serrant plus fort Josette.

– *Qu'èze* que *z'ai* fait ?

– Rien de mal et bien au contraire ! a tonné mon père. Viens ici, courageux petit bonhomme ! Viens expliquer à tous ton grand projet…

Charlie a plutôt bien raconté ce qu'il voulait faire, il a plutôt bien décrit les pièges, les sonneries d'alarmes et l'imprenable poulailler. Là, il y a eu des murmures et quelques réflexions :

– Pfff… ça va changer quoi ? [Madame Parsis, je crois.]

– Pfff… y a rien à faire, c'est plié ! [Fred ou Chloé.]

Après, je n'ai pas écouté, je regardais Violette qui venait d'arriver. Elle se faufilait vers moi, suivie de sa mère… et de son père.

– ÉCOUTONS ENFIN LES ENFANTS ! a crié mon père et on a tous sursauté. Construisons, inventons comme toujours et comme avant ! Oui, construisons, tous ensemble, ce poulailler géant ! Tant qu'on agira, tant qu'on avancera, il y aura de l'espoir et notre jardin aura ses chances !

Il y a des moments magiques où, avec les copains et madame Pinson, on se connaît tellement bien qu'on pense tous la même chose en même temps. Un peu comme de la télépathie. Charlie s'est laissé glisser de la table et nous a rejoints. Madame Pinson est partie en tête et toute la bande l'a suivie. À grands pas, décidés, on est allés droit vers le gros tas de matériaux.

Sur le sac de plâtre, Charlie a libéré notre poule.

– Va, ma *Zozette* ! Va *zurveiller* les *pouzins* de ta copine, elle est pas très *zérieuze* comme mère. Nous, on ne peut plus *z'en* occuper. On va vous *conztruire* un nouveau poulailler, un tellement grand, un tellement *immenze* que *perzonne* au monde pourra *zamais* l'enlever !

Et me croira qui voudra, mais Josette s'est précipitée vers le panier.

DISCOURS HISTORIQUE DU PRÉSIDENT DE L'ASSOCIATION DES JARDINIERS DU 7 !

UN ARTICLE DE LILI VÉTEL, ÉPUISÉE SUR LE MATELAS DU QG

Gloire à monsieur Gary ! Il faut reconnaître qu'aujourd'hui notre président, père du journaliste Armand Gary, nous a impressionnés ! On était tristes et découragés, il a réussi à redonner de l'énergie à tout le monde, même à madame Parsis, qui fait si souvent semblant de jardiner. Il fallait la voir dérouler seule, à toute vitesse, le grillage du nouveau poulailler !

Je ne vais pas recopier tout le discours du président, mais juste ce qu'il a dit de plus important :

« Écoutons enfin les enfants ! »

DEUX ESPIONS SURPRIS EN TRAIN D'ESPIONNER !

DESSIN-PREUVE DE LILI VÉTEL

LES MYSTÈRES D'ARMAND GARY !

Aucun doute là-dessus, j'ai reconnu les enfants Dupin ! J'ai même dit à Armand : « Gaffe ! Y a les Dupin ! » Mais j'ai trouvé sa réponse carrément louche : « T'inquiète, Lili, eux, c'est pas nos ennemis. »

C'est quoi, cette embrouille ? Qu'est-ce qu'Armand sait que je ne sais pas ?

Il n'a rien voulu ajouter et je sens qu'il cache un truc. J'ai insisté, mais il m'a crié : « Arrête avec tes questions et scie cette planche ou le nouveau poulailler, on l'aura en 2050 ! »

SUITE EN PAGE 2

LE CHANTIER AVANCE À LA VITESSE GRAND V !

ARTICLE D'OSCAR PARSIS, ÉPUISÉ AUSSI AU QG MAIS SUR LE CANAPÉ

Nous, à cette vitesse-là, on n'aurait pas mis deux mille ans pour construire la muraille de Chine ou un an pour refaire le réfectoire du collège, c'est moi qui vous le dis !

DES JARDINIERS DÉCHAÎNÉS

On se repose enfin, mais les parents sont encore sur le toit ! Je ne les avais jamais vus comme ça ! Ils coupaient, ponçaient, cloutaient, coulaient du ciment à toute allure !

MÊME CHARLIE N'ÉTAIT PLUS CHARLIE !

Surexcité, il lançait ses ordres à tout le monde, même à monsieur Gary. Il a dit : « Papa d'Armand ! Il est trop petit, ton zescalier ! Zi toutes nos poules, elles montent enzemble, elles vont ze bouzculer ! »

Et qu'a fait notre président ? Il a aussitôt tout recommencé ! Monsieur Olivier a fini par prendre mon frère sur ses épaules pour qu'il surveille de haut son projet. Et il lui a dit : « N'hésite pas à critiquer, bonhomme, c'est toi, le chef de chantier ! » Tout le monde était de bonne humeur. Il y a eu une seule dispute entre Lili et Armand, mais je n'ai pas compris pourquoi. Ça s'est passé quand les enfants Dupin sont arrivés et c'est tout ce que je sais et je descends me coucher, je suis en compote !!!

DESSIN DE VIOLETTE HUYNH, TROP CONTENTE D'ÊTRE DE RETOUR !

SUITE EN PAGE 3

ÉCOLO-HEBDO N° 5 PAGE 3

LILI, OSCAR, VIOLETTE, J'AI UN AVEU À VOUS FAIRE

UN AVEU D'ARMAND GARY, TOUJOURS AU QG MAIS IL N'Y A PLUS QUE MOI

Voilà, j'ai un truc à vous dire, mais comme je n'arrivais pas à vous le dire, j'ai attendu que vous partiez. Et demain, en entrant dans le QG, vous trouverez cette page sur la table et vous saurez toute la vérité et c'est mieux comme ça.

J'AI PEUT-ÊTRE TRAHI NOTRE BANDE

Cet après-midi, j'ai emmené Gabriel et Julie Dupin au QG et je leur ai prêté ma clef. Voilà, c'est dit.

MAIS PEUT-ÊTRE PAS!

J'ai fait une sorte de pari quand j'ai appris qu'ils détestent madame Dupin encore plus que nous (en fait, c'est leur belle-mère), j'ai pensé que ça pouvait nous aider de les avoir de notre côté. Et ils ont l'air sympa.

ET IL Y A UN TRUC IMPORTANT QUE VOUS N'AVEZ PAS VU ⬇

Gabriel Dupin est venu me voir en douce pendant que je remplissais mon seau d'eau pour le ciment et il a demandé (en hésitant) :
« Là, il faut qu'on redescende parce qu'elle crise, mais... demain... est-ce qu'on pourra... vous aider? »
Et je jure que c'est vrai !
Et je dis *bingo* !

ALORS RÉFLÉCHISSEZ BIEN AVANT DE ME HURLER DESSUS (SURTOUT LILI) : PARCE QUE PERSONNE NE PEUT DÉJÀ SAVOIR SI JE SUIS UN TRAÎTRE OU UN GÉNIE!!!

Et merci de NE RIEN DIRE à madame Pinson parce que je le ferai moi-même et... je m'attends au pire. À demain !

PROVERBES AU CHOIX DE MADAME PINSON

Qui trahit une fois trahit toujours.
Le traître, comme le serpent, pique et se cache.

Bleu fluo

Je me suis levé très tôt et je suis monté tout de suite dans notre jardin (comme souvent le dimanche), avec une tartine et un verre de lait. Il y a un petit endroit près des bambous, protégé du vent, que j'aime bien. De là, on voit la rue, on voit les toits, on voit Paris. S'il est de bonne humeur, Glyphosate vient me rejoindre, se colle à mes jambes et on partage le lait. S'il n'est pas de bonne humeur, il reste à distance et on partage le lait quand même. Il arrive que Josette s'approche et là, je peux dire adieu aussi à ma tartine.

Mais, ce matin-là, je n'étais pas le premier. Violette était déjà sous la pergola ! J'ai pensé que peut-être… elle savait que j'y serais de bonne heure et qu'elle était montée exprès pour moi.

– Armand ! s'est-elle écriée. Je suis venue dès que je me suis réveillée en espérant te trouver !

Et je me suis dit qu'elle promettait d'être géniale, cette journée qui commençait si bien.

– Violette, tu es passée par le QG ?

– Oui…

– Tu as vu… ma dernière page d'*Écolo-Hebdo* ?

– Oui…

– Tu… m'en veux ?

– Non !

Ça se confirmait, la journée commençait très bien.

Mais il n'y avait pas que Violette.

Je voyais deux silhouettes à l'autre bout du toit, devant le toboggan spécial poussins que Charlie avait voulu qu'on branche à une petite fenêtre du poulailler, même qu'il avait dit : « *Z'est* mieux pour les *pouzins parze* que, quand on n'a des petites pattes ou des petites *zambes*, des fois, *z'est* dur de *touzours* descendre les *zescaliers*. »

Deux silhouettes que je ne m'attendais pas à voir si tôt, un garçon et une fille : un Gabriel et une Julie Dupin, qui, armés de pinceaux, barbouillaient le nouveau toboggan de peinture bleu fluo.

Moi, j'ai trouvé super sympa de la part de Gabriel et Julie de prendre cette initiative. Une *initiative*, j'explique parce que tout le monde ne connaît pas, ça veut dire qu'on décide de faire quelque chose sans attendre qu'on nous le demande.

Gabriel et Julie avaient pris une très chouette *initiative*. Ils avaient remonté tous les pots de peinture que monsieur et madame Dupin venaient d'acheter pour repeindre leur cuisine (ou la salle de bains, ou les deux, je ne sais plus).

C'était magnifique. Tellement magnifique, que Violette est allée chercher en courant son Polaroid !

Ensuite, Violette et moi, on a fait visiter le potager aux enfants Dupin.

– Là, les aubergines… et les derniers navets… Là, c'est un peu tôt, mais il y aura les épinards…

– Oh ! Trop mignon ! Y a plein de coccinelles ! s'est exclamée Julie.

– Évidemment, sinon y aurait des pucerons. Ici, aucun produit chimique ! a répondu fièrement Violette. Que des méthodes naturelles ! Que du bio !

Ils se sont regardés, étonnés.

– Vous n'y connaissez rien en culture, vous ? a dit Violette.

– Ben, si ! a rigolé Gabriel. Je sais que les frites poussent sur un fritier ! Pourquoi ? Ce n'est pas ça ?

C'était vraiment sympa, on aurait pu rester longtemps tous les quatre dans le jardin. Nous, à leur expliquer des choses sur le compost et la couche d'ozone ; eux, à nous dire que c'était super. Mais il y a eu un cri.

En fait, ce matin-là, il y en a eu trois.

CRI NUMÉRO 1 !

– IL EST OÙ, LE TRAÎTRE ?

Lili, Oscar et Charlie ont déboulé sur le toit. Aucun doute : ils étaient passés par le QG.

– Ici, a répondu Violette en riant, mais je n'ai pas trouvé ça drôle.

Lili fulminait, Oscar et Charlie boudaient.

– Toi, tu me rends la clef du QG ! a encore crié Lili en tendant la main vers Gabriel.

Il fouillait sa poche quand Charlie a vu son toboggan pour poussins pressés.

– Ooooh ! *Z'est* trop beau ! *Z'est* qui qu'a fait *za* ?

– C'est Gabriel et Julie, l'a vite renseigné Violette, qui est très diplomate comme fille.

– Oui, ai-je renchéri. C'est une super *initiative* !

Lili devait vraiment aimer tout ce bleu, car elle a fini par grogner :

– Mouais, faut reconnaître que c'est pas trop mal.

Mais Lili, c'est Lili et elle s'est reprise aussitôt.

– OK, a-t-elle dit en reprenant la clef à Gabriel, vous avez barbouillé trois trucs, mais ça ne change rien à l'affaire. Vous êtes des Dupin et les Dupin, ça s'attaque au jardin des autres, comme les nuisibles ! Et nous, c'est pas parce qu'on fait du bio qu'on n'a pas d'insecticides !

Julie faisait presque une tête de moins que Lili, mais ça ne l'a pas empêchée de se planter sous son nez.

– C'est top ! a répliqué la petite. Tu ne nous connais même pas, tu ne nous as jamais parlé, mais tu sais d'avance qu'on pense à 100 % comme notre belle-mère ? En fait, t'es une sorte de génie ?

Son frère a souri, un peu comme s'il s'attendait à ce que sa sœur se rebiffe. Lili est restée bouche bée et, ça, je ne l'avais jamais vu.

C'est là qu'a retenti le…

CRI NUMÉRO 2 !

– JUJUUUUU ! GABRIEEEEEL !

Ils ont perdu le sourire en un instant.

– Vous croyez que je vais passer mon temps à vous chercher dans tout l'immeuble ? Venez ici et plus vite que ça !

Madame Dupin faisait de grands gestes à l'entrée du toit. Gabriel et Julie s'apprêtaient à la rejoindre quand on a entendu le plus chouette, le…

CRI NUMÉRO 3 !

– OOOOOOOH, ÇA SUFFIT !

Puis :

– Tais-toi ! Pour une fois, Armelle, tais-toi !

Monsieur Dupin, là, comme ça, devant sa femme médusée, et ses enfants médusés, et nous médusés aussi, s'est mis en colère.

– Tu ne vois pas que les enfants s'amusent pour une fois ? s'est-il exclamé. Non mais quand est-ce que tu vas enfin leur ficher la paix ?

Mais il a entraîné sa femme plus loin sur le toit et on a dû contourner les bambous pour continuer d'écouter. En vrac, il a dit :

– J'en ai plus qu'assez !

– Tais-toi ! Tu me fatigues avec ton règlement !

– Peu importe où on est, Armelle, il faut que tu fasses des histoires ! Si Julie et Gabriel ont une chance de se faire des amis ici, je ne te laisserai pas une fois de plus gâcher ça !

Et surtout, je suis sûr d'avoir entendu :

– Mais bon sang de bonsoir, qu'est-ce que ça peut te faire qu'ils aient un jardin ?

ÉCOLO-HEBDO

SPÉCIAL SCOOP

INCROYABLE MAIS VRAI ! LE JARDIN DU 7 SAUVÉ À LA DERNIÈRE MINUTE !

D'ARMAND PARSIS, SUR LE TOIT

Prévenus par un mystérieux SMS, les habitants du 7 rue des Écolos se sont retrouvés sur le toit pour fêter ça.

Après une brève enquête, nos journalistes ont réussi à trouver une capture d'écran du fameux message.

> Ramenez-vous ! Le jardin est sauvé ! Madame Dupin vaincue par K.-O. au premier round !

RIRES ET EXPLOSIONS DE JOIE

De nombreux témoins racontent que les Jardiniers du 7 se sont tombés dans les bras. Une source fiable dit même que madame Lelièvre aurait embrassé Lili ! Malgré l'heure matinale, au programme : rires, musique et danses. Madame Pinson aurait dansé avec Glyphosate pendant que Charlie, notre dessinateur, invitait Josette.

UNE ÉTRANGE MÉTAMORPHOSE !

Grâce à la description des étudiants du deuxième, qui l'ont vue dans les escaliers, notre journaliste Violette Huynh a pu réaliser un étonnant portrait de madame Dupin ! « C'est comme on te le dit, Violette, elle était devant sa porte et elle ne disait plus un mot ! » auraient répété plusieurs fois Fred et Chloé.

DESSIN DE VIOLETTE HUYNH

ÉCOLO-HEBDO

SPÉCIAL SCOOP

LES PORTRAITS DE LILI

Comme d'habitude, Armand Gary, qui se prend pour le rédacteur en chef, ne m'a pas laissé assez de place, alors je fais très bref : Julie Dupin, c'est la copine que j'attendais au 7 rue des Écolos : de la graine de rebelle !

Julie Dupin
Âge : 9 ans, mais elle fait moins.
Adresse : quatrième étage, porte gauche

Avec moi pour la conseiller, elle va devenir formidable ! Dès que je peux, je l'interviewe !

Épilogue

Peut-être qu'un jour l'appart' toujours à louer sera de nouveau à louer, mais en attendant, on en profite. On a offert une nouvelle clef du QG à Gabriel et Julie, et on les initie au jardinage. C'est top, Gabriel peut porter tout seul un sac de terreau ! C'est même lui qui a planté sans qu'on l'aide les épinards d'hiver. Du coup, je crois qu'on n'en aura pas cette année et ce n'est pas moi qui vais le regretter.

Même avec leurs parents, ça se calme un peu. Madame Dupin ne dit pas bonjour, il ne faut pas exagérer, mais monsieur Dupin est monté plusieurs fois sur le toit.

Il y a juste un petit truc qui a failli mal se passer. À cause de Lili. Dès le lendemain du sauvetage du jardin, elle n'a pas arrêté d'insister pour que Gabriel et Julie (qui ne la quitte plus) deviennent aussi journalistes à *Écolo-Hebdo* ! Moi, je me disais qu'une Lili + une mini-Lili au journal, ça risquait d'être compliqué.

Tous les jours, Lili m'en parlait comme ce dimanche matin où j'étais monté tôt sur le toit (les poussins ne quittaient plus trop leur château-poulailler, c'était tranquille, je pouvais travailler mes articles sous la pergola).

– Ah, salut, Armand ! a-t-elle dit. Tu commences le prochain *Écolo-Hebdo* ?

– Ouais…

– Alors, c'est maintenant qu'il faut recruter Gabriel et Julie ! a-t-elle recommencé. Elle surtout, je sens qu'elle sera hyper douée !

– Je ne suis pas sûr que ça soit une bonne idée, on ne les connaît pas assez. C'est notre journal avec nos opinions ! Ça va donner quoi si on n'est pas d'accord avec eux ?

– Parce qu'on est toujours d'accord, nous deux ? a rigolé Lili.

– Rigole si tu veux, mais s'ils deviennent journalistes… on perdra deux lecteurs d'un coup !

Je venais de terminer un super article avec un chouette graphique (même que mon prof de maths aurait adoré que je lui en fasse un aussi bien pour la dernière interro, le jour où j'avais oublié mon compas, ma règle et ma trousse aussi). Je n'avais pas du tout envie de le refaire et encore moins de le jeter à la poubelle.

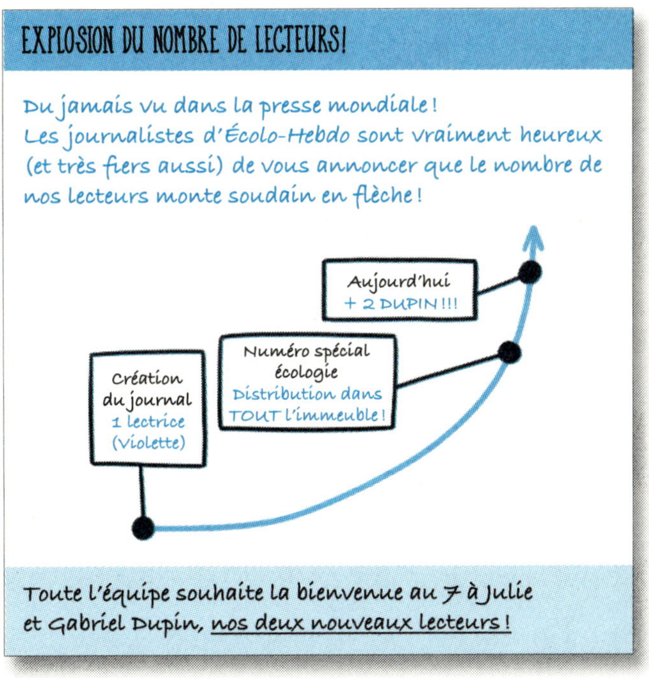

J'ai montré mon article à Lili et je n'ai pas cédé.

– Tu m'énerves, ça suffit, a-t-elle dit. Tu n'es pas le chef, j'appelle les autres. On en discute au QG !

Et moins d'un quart d'heure plus tard, j'ai reçu son SMS.

> Je te signale qu'on t'attend !!!
> Qu'est-ce que tu fais ? T'APPRENDS À LIRE AUX POUSSINS POUR AVOIR PLUS DE LECTEURS ?
> Grouille !

Quand je suis rentré dans le QG, Lili m'attendait près de la porte, ça sentait le coup monté. Elle a souri en m'indiquant du menton Gabriel et Julie assis sur le tapis Winnie l'Ourson. Ils lisaient nos vieux numéros d'*Écolo-Hebdo.*

– Ça ne va pas de les faire venir pour décider s'ils entrent au journal ou pas ? ai-je dit tout bas.

– Ben, on va voir si tu as le courage de leur dire en face que tu ne veux pas, a répliqué Lili.

Et je ne savais pas ce qu'elle leur avait raconté, mais toute l'équipe me regardait en biais (même Violette). En fait, je l'ai su assez vite.

– *Z'est* vrai que tu veux pas d'autres *zournaliztes* pour garder toute la place pour tes *zarticles* à toi ? m'a demandé Charlie en fronçant les sourcils.

– Ça craint, Armand, a grogné Oscar. Ils sont avec nous maintenant. T'es de la bande ou t'en es pas !

Gabriel a reposé un journal et il s'est levé.

– Attendez, a-t-il dit. Ne vous fâchez pas pour ça… Je comprends Armand, c'est votre truc à vous et, nous, on vient d'arriver.

– AH ! ai-je fait. Vous voyez… puisqu'il le dit !

C'est là que Glyphosate est entré. Et il y a eu un silence (le temps qu'il choisisse un coussin) puis Lili a attaqué.

– Et toi, Julie… tu n'as rien à dire ?

Un coup monté, je vous dis !

– Si, a fait la petite en regardant Lili. Moi, ça m'intéresse et je pense que je peux vous aider !

– Biiiien, a dit Lili. Et tu peux nous expliquer comment ? Tu as un exemple, peut-être ?

Et là, devant toute l'équipe (et Glyphosate, qui faisait semblant de dormir), Julie a pris le numéro spécial écologie sur le tapis. Elle l'a feuilleté quelques instants, elle a soupiré et dit :

– Bon, je ne veux pas te vexer, Armand, parce que je le trouve super. Mais il faut reconnaître que tout ce qui est intéressant et scientifique, c'est Lili et Violette qui l'ont écrit. Toi, tu parles beaucoup de ton Coca, et ce n'est peut-être pas ce qu'il y a de plus grave, non ?

Je n'en croyais pas mes oreilles, elle faisait 20 centimètres de moins que moi et elle me faisait la leçon pire qu'un prof !

– Et ton sondage ? T'as eu des réponses ?

Une vraie interro !

– Ben… deux…

Lili et Julie ont hoché la tête d'un air entendu.

– Ça, ça ne m'étonne pas, a ajouté Julie. Si tu veux bouger les gens, surtout les vieux, ce n'est pas comme ça que tu vas y arriver.

– Hyper douée, je te l'avais dit ! m'a soufflé Lili, contente et fière de Julie comme Odette de ses poussins.

– Et vous savez quoi ? s'est écriée Julie. Il va falloir qu'on se batte pour la planète autant que vous pour votre jardin !

Toute l'équipe a applaudi et c'est là que j'ai su qu'*Écolo-Hebdo* venait de perdre deux lecteurs et de gagner deux journalistes…

DEUX NOUVEAUX À ÉCOLO-HEBDO !

DE LILI VÉTEL, EN DIRECT AVEC TOUTE L'ÉQUIPE SOUS LA PERGOLA

Pendant que la plupart des Jardiniers du 7 terminent les derniers travaux de peinture sur le toit, nos journalistes travaillent au nouveau numéro. Certains ont beaucoup râlé, par exemple le président, quand on a refusé de l'aider à nettoyer les dégâts après sa chute. Pas question ! c'est lui qui n'a pas vu le seau !

Dessin de Violette Huynh

GRAND CONCOURS !

QUI TROUVE ENFIN UN NOM A NOTRE MINI POULE GAGNE UN ŒUF !

Nos journalistes vous annoncent quelques changements dans votre journal préféré ! Gabriel Dupin rejoint Oscar à la rubrique « Jeux ». Et on se félicite de la création de deux nouvelles rubriques : rubrique « Jardin 100 % bio » et rubrique « Bougez-vous ou la planète est fichue ! »

RÉBUS GÉANT D'OSCAR ET GABRIEL

QUI SEAU VIN JARRE D'UN SEAU V'LA PLANÈTE !

Qui sauve un jardin sauve la planète !

SUITE EN PAGE 2

RUBRIQUE «JARDIN 100% BIO» DE VIOLETTE HUYNH

PAS BESOIN D'INSECTICIDE QUAND ON A LA COCINELLE !

Pour se débarrasser des pucerons, il n'y a pas plus efficace et c'est naturel ! On l'achète en œuf, en larve ou déjà adulte. Il faut voir son air criminel quand elle fonce pour dévorer les pucerons !

DESSIN DE VIOLETTE HUYNH

MÉTÉO AU 7 RUE DES ÉCOLOS

DESSIN DE CHARLIE PARSIS

NE RATEZ PAS EN DERNIÈRE PAGE NOTRE NOUVELLE RUBRIQUE :

Bougez-vous ou la planète est fichue !

PROVERBE ACCUEILLANT DE MADAME PINSON

Plus on est de fous, plus on rit !

SUITE EN DERNIÈRE PAGE

ÉCOLO-HEBDO SPÉCIAL JULIE ET GABRIEL

BOUGEZ-VOUS OU LA PLANÈTE EST FICHUE !

D'ARMAND GARY ET JULIE DUPIN

Nos journalistes ont fait un énorme travail, ils ont interviewé TOUS LES HABITANTS du 7 (sauf une) et ils leur ont posé la même question : « Qu'est-ce que vous faites pour sauver la planète ? »
Réponses : 100 % trient les déchets, 60,5 % limitent les voyages, 79,5 % changent leur alimentation.

L'OPINION D'ARMAND

C'est déjà pas si mal pour des adultes !

L'OPINION DE JULIE

C'est dingue, ça ! On leur demande ce qu'ils font pour sauver la planète… ils répondent juste qu'ils la détruisent moins qu'avant et ils sont contents d'eux !

« Vous croyez franchement que ça va suffire ? » leur a demandé Julie. « Ben, qu'est-ce que vous voulez que je fasse d'autre ? » aurait répondu madame Rami. Puisque les adultes ne sont pas doués pour trouver des solutions, nos journalistes et surtout Julie ont décidé d'organiser sur le toit du 7 une grande soirée pour les aider !

Et en dernière page de notre dernier numéro d'*Écolo-Hebdo*, j'ai mis le plus important :

INVITATION pour 20 personnes (ramenez vos amis !)

Mardi à 19 h 30, toute l'équipe d'Écolo-Hebdo vous attend sur le toit pour sa soirée d'info-planète :

Plante un arbre, fais du vélo et arrête les steaks !

Soyez à l'heure, c'est plus qu'urgent !

TABLE DES MATIÈRES

De la même auteure, chez Didier Jeunesse

7 rue des Écolos

Sophie Dieuaide

Jardin partagé sur le toit et nourriture bio à tous les étages : bienvenue dans l'immeuble le plus écolo de la région ! Mais quand les parents abusent de la bonne volonté de leur progéniture, la riposte s'organise...

On n'est pas nés pour obéir !
Tome 1

Hugo aime Jo(séphine)

Sophie Dieuaide

Pour Hugo, c'est simple : les filles, c'est nul. Il ne se prive d'ailleurs pas de le crier sur tous les toits. Mais lorsque Joséphine fait une entrée remarquée au collège, le voilà tout chamboulé. Aidé de Clarisse, grande sœur et love coach hors pair, Hugo va vite s'apercevoir que l'imprévisible lui est tombé dessus : il est amoureux ! Et comme dirait son copain Samuel : « Mon pote, c'est le début des embrouilles… »

Il n'y a pas de quoi paniquer. Je ne dois pas être le seul garçon au monde à être tombé amoureux. Même si c'est vrai que le mot tomber *peut faire peur.*

Tomber comme chuter, s'affaler, trébucher, s'effondrer, s'abattre, vaciller, dégringoler…

Peut-être que oui, depuis que je suis amoureux, parfois, j'ai un peu dégringolé d'amour. Mais tous les autres jours, je me suis senti mieux. Je suis moins timide, j'ose faire des choses que je n'osais pas, je mets tous les matins du gel et je dis beaucoup moins de trucs débiles sur les filles (sauf certaines qui le méritent).

Il paraît que les Chinois ne disent pas tomber amoureux, *mais :* ài shàng. *Je traduis parce que tout le monde ne parle pas le chinois.* Ài shàng, *ça veut dire* monter amoureux.

Monter comme s'élever, se hisser, escalader, gravir, grandir.

C'est ça ! Je suis amoureux comme un Chinois. Pourtant, moi, Hugo Sécadès, que je tombe amoureux ou que je ài shàng *d'une fille, ce n'était pas gagné.*

© Jérémie Le Maoût

Sophie Dieuaide a d'abord étudié le dessin et la peinture avant de se lancer dans l'écriture pour la jeunesse, parfois sous forme de BD, souvent sous forme de romans, et toujours avec énormément d'humour. Elle a publié près de 100 livres, dont plusieurs figurent sur les listes de lecture au collège, son terrain d'écriture favori (*Œdipe schlac ! schlac !* pour n'en citer qu'un). Elle vit en région parisienne.

www.sophie-dieuaide.com

60-62, rue Saint-André-des-Arts
75006 Paris
www.didier-jeunesse.com
Illustrations : Chloé Vétel
Graphisme de couverture : Anne-Cécile Ferron
Composition, mise en pages et photogravure : IGS-CP (16)
ISBN : 978-2-278-09837-8 • Dépôt légal : 9837/01
N° d'impression : 2004985
Loi n° 49-956 du 16 juillet 1949 sur les publications destinées à la jeunesse

Achevé d'imprimer en France, à Alençon, en janvier 2021 chez Normandie Roto Impression s.a.s., imprimeur labellisé Imprim'Vert, sur papier composé de fibres naturelles renouvelables, recyclables, fabriquées à partir de bois issus de forêts gérées durablement.